Best Time

白 马 时 光

BU HUI TAN LIANAI

DE WO

不会谈恋爱的我

金国栋 —————— 著

百花洲文艺出版社
BAIHUAZHOU LITERATURE AND ART PRESS

图书在版编目（CIP）数据

不会谈恋爱的我 / 金国栋著 . — 南昌：百花洲文
艺出版社，2018.1
ISBN 978-7-5500-2465-6

Ⅰ.①不… Ⅱ.①金… Ⅲ.①长篇小说—中国—当代
Ⅳ.① I247.5

中国版本图书馆 CIP 数据核字（2017）第 244999 号

不会谈恋爱的我
BU HUI TAN LIANAI DE WO

金国栋 著

出 版 人	姚雪雪
出 品 人	李国靖
特约监制	燕 分
责任编辑	袁 蓉
特约策划	柴鹤嘉
特约编辑	柴鹤嘉　高利娟
封面设计	46 设计
版式设计	王雨晨
封面绘图	三 乖
内文绘图	王晓群
出版发行	百花洲文艺出版社
社　　址	南昌市红谷滩世贸路 898 号博能中心 I 期 A 座 20 楼
邮　　编	330038
经　　销	全国新华书店
印　　刷	三河市金元印装有限公司
开　　本	880mm×1230mm　　1/32
印　　张	7.5
字　　数	160 千字
版　　次	2018 年 1 月第 1 版第 1 次印刷
书　　号	ISBN 978-7-5500-2465-6
定　　价	32.80 元

赣版权登字　05-2017-402
版权所有，侵权必究
发行电话 0791-86895108
网　址 http://www.bhzwy.com
图书若有印装错误，影响阅读，可向承印厂联系调换。

金默

J

闲遇

|L|

爱之重逢

遇而不惊

闻香

|W|

爱之隐秘

香而不闻

糖

糖

陆尧

L

愛之回春

纯而不維

朱老师

|Z|

爱之沉稳

松而不散

目 录
Contents

目 录 Contents

前　言

　　写完《你都不配我毒舌》之后很久，一直没有提笔写小说，反而写了好几部电视剧。偶尔也会得到表扬，说你还真的蛮会写感情戏，也扬扬得意地接受了这样的表扬。直到有一天，我突然意识到，自己是一个完全不会谈恋爱的人。若会谈恋爱的其中一个标准是使得你的恋爱对象在恋爱中感到欢愉，那我简直就是反面典型。我总会在交流过程中因为自己语言上的天赋与小聪明而将对方置于一个极其尴尬与窘迫的境地，而这种毒舌的程度是随着亲密程度递增而递增的。我真为那些被我深爱过的人感到忧伤。再者，近年来我也常常觉得，对于喜欢一个人这件事，有些倦怠了。年轻时夸下海口说的类似"可以为你去死"的那种话里裹挟的那种爱情，慢慢减淡了。有时候也会惊恐，自己是不是真的失去了爱一个人的热情。

　　于是，我的脑海里冒出了这样的念头来：我要写一本这样的小说——痛诉自己的过错与观察自己的机能。而当我把写这个小说的念头分享给我的朋友们听的时候，我却又意外地发现，这个本来是很自我的反省却击中了很多人的兴奋点。人是很争强好胜的动物，在这件事情上却又都纷纷热烈地承认，自己确实不会谈恋爱；并且表示，很想看一个里面的人物都不会谈恋爱的故事。真的很有趣，我以前写过很多爱情故事，至少我个人是期望大家能因为爱情的美好而被打动的。而现在，大家反而觉得不会谈恋爱是一件很有共鸣的事，并且想看到人因为不会恋爱而滋生的伤悲。这让我在很长一段时间里都处于一种惶惶的纠结中——看似我找到了一个写作的热点，这对一个创作者来说，是何其幸运的事，但是我却找不到创作的慈悲心。因为写一个或者一群人不会谈恋爱这件事情并不美好，而且，我也不喜欢别人对这个话题表现出来的那种过分的热情——好像承认了这件事的普遍性，便可以原谅自己的单身与感情的失败。这并不是我想要传递的。

小说因此搁浅了很久。我是一个非常守时的编剧，但在这件事上我却一再拖稿。也不能说是因为对自己要求严格，我认为，真正对自己要求严格反而会有序地推动一件事情前进，而不是放纵这件事被无序搁置。因此，我反而又想到了这个问题的另一个层面，那就是，在我没有找到合适的切入点的时候，我可以暂时不写小说。那感情这件事情是不是也是如此呢？或者说，我们在勇敢地去谈一场自身没有准备好的恋爱时，自然会出现这样那样的问题。而我不会谈恋爱，或者说我们不会谈，是不是因为我们没来得及学会游泳的本领就下水了呢？如果是这样，那我去描摹我们在爱情中的困顿、手足无措，是不是也就能给人一种启发。前人栽树后人乘凉是很伟大，而人总是会谈几场恋爱，那么，一次修行、再次享用，就是更为实际的善行。

当我再次动笔，面对剧中人物的时候，我不再愧疚了。因为再去指责他们的不会，便是去指责花蕾不能绽放、雏鸟无法高飞。他们的不会，是朝向美好爱情旅途中的摸爬滚打，是至少勇敢去飞了才会经历的狂风暴雨。

一如《你都不配我毒舌》里的金小骚，很多人看到小说中的主人公金默又是一个编剧时，便会下意识觉得这就是我。这是我，并不会使得这本小说更迷人，因为窥探一个作者真实的秘密是一件无趣的事，所以我想告诉你们的是，这不是我，却是我创造的金默。他比我有趣，他所遇到的人与事也更有趣，而这种更为有趣是我对人生真相的微弱对抗，因为人生的韶华时光很短，人生大多时候都处于一种接近于麻木的平淡无奇中——所以我们才会想起诸如"平淡是真"这样的话来安慰自己。记忆并不好的我们才会在想起一些动人的时刻时掉眼泪，而那些动人的时刻，真的不多。于是在一个不会谈恋爱的故事里，我反而给了他们许多动人的时刻。我们谈论爱情的时候，常常会以修成正果与否去回望爱情好不好，最后没嫁、没娶便觉得青春被狗吃了，而我们为什么不去承认这过程中那许多微小却又隽永的美好呢？

这就是我想记录与创作的冲动，只是这种冲动是在小说创作后才到来的。于是我更坚信，向往美好，总会召唤来美好。

我也希望这本小说能传递出一种力量，那就是，不会谈恋爱的你合上了这本书之后，可能并没有拥有很会谈恋爱的技能，但是你至少拥有了一颗想要谈恋爱的心。

第一章

生活要继续，上一份感情的甜与伤都不应该左右下一份感情的味蕾。

　　二十八岁以前，金默一直以为自己很会谈恋爱。

　　身边的人也是，他们往往很真诚地对他说，你应该是那种谈过很多次恋爱的人吧。

　　金默以前以为那是一种批评，于是奋力解释，哪有啊？可是这时候的夸张、谦虚反而成了一种真诚的低调。

　　后来，金默才明白那是一种表扬。

　　从小到大，他一直被羡慕、被嫉妒，但是很少被表扬，至少不是金默理解中的表扬。比如说，你这次考得很好，这是表扬；而，你长得好好看啊，这种大概就不算是很硬派的表扬，因为长得好看，是真的，与自己没有半点关系。

　　这并不是一个看脸的时代，因为这是一个首先看脸的时代。金默爸爸经常对金默说，现在的人真奇怪，就你这个长相，放在我们那个年代是要被人嘲笑的，现在的小姑娘怎么会喜欢一个男人长得精致呢？他觉得"国"字脸才是真正的男人。因为他自己就是"国"字脸，不过金默像他妈，瓜子脸。

　　不过，就算金默那略微精致的脸庞是他的弱项好了，其他方面他也算不错。金默享受父亲名声的红利很久了，大家都会说，哦，他呀，他们家很有钱的。群众的眼睛有时候是乌黑的，因为金默家没有钱已经很久了。

　　但姑娘们还是愿意与他玩，她们会觉得他像是偶像剧里那种家里有很多钱却不想要，然后自己较劲过苦日子、奋发图强，最后成功了也很有钱，不成功可能更有钱的那种人。金默的某一任女朋友就对他说，我就喜欢你那种没有钱却很迷人的样子。其实这句话的潜台词是，我就喜欢你让我奔着你的钱去却又可以光明正大地说我只是为了你的人去的！

　　金默大学毕业后，也算是挺努力的，但真不是为了与家里赌气来证明自己，而是他得活下去。没想到，努力的金默更加迷人，因为姑娘们遇见你的时候，会觉得你所有的努力都是为了她。有个姑娘就曾泪流满面地对金默说，我真的没有想到你可以这样努力，我无法不放纵自己爱上你，就为了你的努力。金默于是也觉得自己好伟大。女人是那种她很物质的时候也活得很梦幻的物种。

　　所以金默常常以为，真爱是随时在候场的，只要你想谈，随随便便就可以找到一份感情。

　　但是二十八岁遇见她之前，金默不懂这个道理。

　　金默是一个编剧，算国内一线的那种，更准确地说，是尚还有一线生机的那种。他原先是想成为一个小说家的，但是写小说吧，写完就是成品，他有过许多自己眼里的成品，到了别人那儿都成废品了。而编剧呢，有一个妙处，有的编剧写了 90 分的作品，却只被呈现出 30 分，但是有些编剧只写了 30 分的作品，却因为演员、导演、制作的加持，看着便似有 90 分的功力在。金默倒不是奔着后者去的，但是后者给了不那么自信的他一种可能性。他从小处在一种外部膨胀的表扬里，对他的外貌、对他的家庭有太多褒扬，于是他内心有一种自卑的骄傲，希望证明点什么。成为一个编剧，大概就是这种心理的产物。

　　全世界支持他这个梦想的，大概就只有他的青梅竹马闻香了。不过也可能是金默只告诉了她这个梦想，而其实，如果金默说，我要成为一个杀手、一个律师、一个足球运动员，闻香也都会支持的。她对他有一种生来就带的设定，那就是"支持"。只是在更年轻的时候，两个人都不知道这种源动力来自哪儿，金默是不在乎，闻香是无所谓。一个愿打，一个愿挨，可能只有外人才会去在乎为什么。

　　萌发这个想法是在两个人还小的时候，某一次待在家里无事可做，闻香说，我租了一套碟，《流星花园》，要不要一起看？那时候孩子的消遣不似现在，家里有录像机就挺不得了的了，于是两个人就一起看剧。闻香看得心潮澎湃，金默却觉得不自然。那时候看电视剧，大家都还在思考里面的人是不是真的死了，没有人想过如果我可以去创作，我会创作出不同的东西来。不过，金默那会儿心里就有一颗种子了，就是面对一个作品时，除了一味追随，还有改造的冲动，这也是他后来一味坚定自己可以做一个好编剧的理由。

之后，金默慢慢发现自己还算是有文学天分的。初中的时候，他喜欢一个女孩，名字叫叶洁。班级里一半男生都在追求她，用的招数都是无聊、弱智的，而金默写了一首藏头诗。

孤秋怎奈霜打。

叶落总要根归。

洁白自在人间，

寡燕无须单飞。

这首诗写得很好，金默甚至都有点沾沾自喜。他把这首诗交给了叶洁，叶同学也很认真地折叠好，这让金默觉得一切都有戏，毕竟其他男同学写的纸条，叶洁都直接扔进了垃圾桶。不过到了下午放学的时候，金默被语文老师叫进了办公室，办公桌上放着那张纸条。显然，叶洁把少男的这份纯真当作一件比普通撩骚更为严重的错事去呈报了，而且，是郑重其事地呈报。

时隔多年之后回头看，这多多少少都让金默人生的感情线与创作线受了点影响。如果当年，语文老师对这首情诗稍加赞许，金默的人生可能就会与众不同。

这次来北京，金默却是接了一个大活，他编剧生涯的起与落，可能就在此一役了。

他接到这活也是有趣，人家要拍一个偶像剧，找的编剧以前只写过农村剧，写出来的东西太接地气，然后寻到了他。毕竟，大家都知道，他本身就是那种超级富二代。

金爸爸只知道儿子去搞影视了，搞影视对他来说，与搞姑娘没有什么区别，反正都是不务正业。不过他没弄明白的是，为何儿子搞姑娘去了，还能赚钱。

不会是犯法的吧？

金默说，你放心，我签的合同里面，人家还专门指定一条，那就是，如果因为我吸毒嫖娼，造成整个项目亏损，那都由我个人来承担。金爸爸突然从警告他的角色变成了与儿子并肩作战的角色，他有些义愤填膺道，这不是侮辱人吗？你连烟都不抽，怎么会去吸毒？

金默笑了，我这也是在抽啊，北京这空气啊！

金爸爸没有笑出来，他说，你好自为之吧。

金默问，你跟她如何了？

老爸沉默了三秒钟后，终于还是挂了电话。

金默其实还蛮想给他老爸指点一二，教他如何泡妞的，虽然对方是他老妈。

金默匆匆来北京，倒是躲过了生日。

一般来说，除了上了年纪的女人，不然谁都不会拒绝过生日，但是金默却害怕过生日，自从知道生日需要"庆祝"之后，这些年来，闻香总会变着法子给金默过生日。一开始金默自然很感动，毕竟有人为自己的生日下功夫，不过当金默慢慢长大，有了更广阔的朋友圈之后，他突然觉得这种感动成了一种累赘。比如，他也想与一群好哥们儿夜不归宿去酒吧庆祝生日，但这边闻香已经准备好了一桌手工蛋糕、饼干，且几乎弄得人尽皆知。金默无法狠心责备她的好意，因为说起来，她对他的好到达让他为难的程度，每年差不多也就这么一次。而平时，金默还有许多需要闻香帮助的地方，换句话说，闻香的存在吧，除了生日那天那么郑重其事地表达那种好之外，还是挺好的。

生日那天晚上，金默与制片人开完会后，自己一个人偷偷去吃驴肉火烧了。

这时候，闻香给他打了一个电话。

反正是管不着自己了，金默有些嘀嗦，哟，还特地来个电话祝福呢……

闻香没想到金默抢了她的话，只能说，你在北京都好吗？

挺好的，不过闻香啊，这件事我可真得谢谢你，没想到你人脉那么深广，影视圈还有认识的人啊？

闻香在电话那头干笑了一声道，正好聊天说到了，我觉得你是最适合的，这也算是给你的一件生日礼物吧。

金默家里的真实情况，别人可能不知道，闻香可是一清二楚的啊。毕竟他们是从小一起长大的，不过金默并没有觉得她在冷嘲热讽。

金默说，对了，你要不来北京帮我？

闻香沉默了一下，我又不会写剧本。

金默说，对啊，我知道，我想让你来助我一臂之力。

闻香说，你想让我来当你助理？

哎呀，我就是开会老看到这人也有个助理，那人也有个助理，就随口那么一说嘛，毕竟你也是千金大小姐！可上次你不是说不喜欢在家里的公司待着吗？是吧，每天游手好闲，多累啊。

闻香义正词严地回答，我没有闲着，但是，好啊！

金默吓了一跳，你这就答应了？

闻香说，是啊，送佛送到西天呗。

金默挂了电话，心里也是久久不能平静。他之所以现在对爱情不屑一顾，有绝大部分的原因是在爱情这个领域，到目前为止，他虽没有深爱过一个人，但却被人深爱过，这个人就是闻香。虽然他觉得这一切都莫名其妙——闻香长得好看，人有趣、善良，家里条件还好，毕业后进入家族企业，做得也是风生水起，怎么就喜欢他了呢？从小学五年级闻香第一次表白到现在，十多年了，这期间金默谈过很多场恋爱了，而闻香呢，也再也没有提起过喜欢他这件事。可当时闻香对金默表白的那一幕因为闻香从来没有谈过恋爱而始终没有谢幕，却又因为闻香总是大大方方的，金默虽然心有愧疚却也自自然然地承受着她的好。另一个让金默心里舒服一点的事是，闻香的老爸倒是会经常敲打金默一下，小子，你可走开点，你可配不上我家闺女。因为配不上，所以赔得起。

金默不知道，这个生日，除了收到闻香的这个大礼之外，他的好基友朱珠也给金默献上了一份大礼。

朱珠给金默发信息的时候，已经是凌晨三点。

朱珠说，在吗在吗在吗？

金默给朱先生回了信息。

朱珠说，我决定再给你一份生日大礼。

这个"再"字简直用得神妙，因为金默绞尽脑汁也想不到朱珠已经送了什么。

啊？

献给你一个女朋友！

金默愣了一下，回复他，你去越南买了一个姑娘？

朱珠的微信对话框里出现一个无语的表情，这是犯法的。

那怎么就献给我一个女朋友了呢？要知道，我现在是以事业为重的。

人家非常优秀，符合你对颜值的高标准以及对其他方面的零要求。

金默谦虚道，那也只是我喜欢而已，人家不一定喜欢我。

朱珠说，找到一个你能喜欢的人，这就是第一步啊，毕竟，你单身那么久了。

朱珠是金默的好基友，用时下流行的话说，就是北京老炮——对人生见解深刻独到，对朋友刀山火海、两肋插刀。他是一个幼儿园老师，他经常说，在感情问题上，你就是一个幼儿园的学生。反正在他看来，所有的人类都是幼儿园的学生。所以平常，金默都称他为朱老师。

他们两个能成为朋友，也算是缘分。

两个人一个在上海，一个在北京，却是在日本认识的。那是在金默大学毕业后的那个假期，有很多场毕业旅行，金默也陪同学去了好几个地方。一圈转下来，反而觉得不像是旅游，更像是在各个地方开同学会。他不喜欢那种状态，离别时候骤然的深情让他觉得难为情，而那些美食与风景都因为注定的离别而变得透明。

金默倒也不是多么热爱美食与风景，只是觉得自己需要一个人找一个安静的地方，把那些浓烈又浅薄的依依不舍给舍去。

于是金默就买了前往东京的机票。为什么是东京？是因为刷机票时，去东京有特价的。

日本可能有一个好处，那就是人与人之间保持着疏离，如果不想被打扰，你就可以享受自己的孤独。

金默就是在这样的心境下与朱老师相遇的，相遇在表参道的一家咖啡馆里。当时金默一个人坐了一张桌子，朱老师进来的时候，整个咖啡馆也就这张桌子有空位了。如果是其他人，在金默那种冷冰冰的气场之下，可能就选择离开了，朱老师却大大咧咧地坐下了。

金默忍不住说了一句，这里有人。

朱老师扫了一眼桌面，还没到？

金默说，对，一会儿就到。

朱老师说，来了我就走。

金默说，几分钟就来。

朱老师不说话了，金默也就自顾自地喝咖啡。过了大概三五分钟，朱老师突然坐下了，还是那句话，一会儿来了我就让呗。

金默没辙了，因为他真的没有朋友要来，朱老师就这样坐下了。要是仅此而已，当天买单后也就走了，只是当金默想要买单走人的时候却发现，自己的钱包不见了。

他一下子毛骨悚然了，在异国他乡，钱包丢了，这可不是闹着玩的。

金默脸一下子白了。

这时候朱老师却不计前嫌地问了一句，兄弟，有什么需要帮忙的吗?

后来的事情，朱老师通过一个在大使馆的朋友帮金默搞定了。自然而然地，两人也就成了朋友。

不过呢，在朱老师说话的艺术里，总有那种披着真诚外套、不那么虚伪的嘲讽。

其实仔细算下来，他单身不久，也就个把月吧。

金默觉得自己写过最好的台词是，生活要继续，上一份感情的甜与伤都不应该左右下一份感情的味蕾。所以他每次都以一种崭新的姿态去迎接一份新的感情，不过也只有金默自己知道，姿态崭新，心底却似乎在悄悄褪色。谈那么多次恋爱，别人觉得是花心，自己明白是心里害怕了，好像爱情这个东西不经意间在爱来爱去的时候就溜走了。

所以现在金默对谈恋爱这件事，也有点无精打采的。

说话间，朱老师把姑娘的微信号给推送过来了。

加了一下。

通过了。

然后，金默也不知道说什么。

这都快凌晨四点了，这不是一个适合聊天的时间。金默翻了一圈姑娘的朋友圈，把手机放下了。

姑娘是真的好看，是那种其他姑娘也会恨恨说一句"长得是蛮好看的啦"的那种好看，对于男生来说，既不觉得妖娆，也没有绿茶婊的嫌疑。这种看似中庸、没有过失，其实洒脱的好看，是真的好看。

正因为是这样的好看，反而让金默觉得无味，因为知道这是他喜欢的类型，但是一个类型即使再小众，也是有一批人的，难道这一批人自己都要去喜欢吗？

这样的喜欢，他不喜欢。

而且，他其实也不喜欢朱老师填鸭式地塞给他一个妹子，就像是在告诉他一加一等于二一般。金默觉得爱情是一场意外，而不是按部就班的拼凑。

金默思来想去，还是半夜给闻香打了一个电话。金默把这件事情与她说了一下，闻香听了半天，终于忍不住打断了他，你想表达什么？

金默叹了一口气，一种惆怅吧。

是惆怅，是那种好像身边也不缺人来人往，却没有谁能走进心里的惆怅。当然，这些金默是无法对闻香说的，闻香一直能够走进他的心里，但他从来没有把她放在身边这个位置上。判断一个人在不在身边，倒不是风雨与共，也不是携手共进，而是那些在最无聊、苍白的日子里，是否能陪着自己，做那些没劲琐碎的事情。

在身边，比起在心里，哪个更能暖人呢？金默也想不明白，很长一段时间，他都觉得女朋友不过就是那种暖手宝式的存在，他从来没有与女朋友正儿八经地谈过生活，谈过理想。当然，这一点可能要怪朱老师，他的存在，让那些女孩脑子里仅剩的一点思想都显得那么可笑。是谁说过那句话——如果不是因为性，男生其实更喜欢与男生玩。

闻香最后说，聊一聊呗，喜不喜欢，合不合适，你买双鞋还要试试呢，接触一下，有何不可？

闻香的话，给了金默通行证，他对她是惯有歉意的，他觉得自己谈恋爱之前与她打个招呼是一种尊重，也是因为她刚给他介绍了一个活，他怎么可以马上就不务正业地去谈恋爱呢？不过既然闻香这样说了，那金默也没有理由不去试一试。多谈几场恋爱也没什么不好的，写偶像剧最有名气的陆老师，听说就谈了很多场恋爱。不过也有传闻说她从来没有谈过恋爱，这样才能写出打动人的爱情故事来。

第二章

男人总是这样，在情感问题上，人生唯一一次会站在女人这边，可能就是对母亲或者女儿了。

那天晚上，她通过了金默的好友请求之后，金默很久之后才睡着，但是他没有打招呼。

过了一会儿，她主动发了一个表情过来。

金默看到了，然而没有回。

第二天醒来，已经是下午了。

金默拿着手机看了一下。

朱老师发信息过来说，你怎么不回她信息？你小子套路挺深啊！我告诉你，不要玩套路，人家什么没有见识过，你这种欲擒故纵没用。

金默笑了，要是没用的话，她也就不会告诉你了吧。

朱老师说，哎，随你，但是你有本事就不要给她回。

不回就不回，确实也不知道怎么回，回了之后聊什么。这整个就是一件挺无聊的事情，仅仅因为对方长得好看，仅仅因为他现在单身，仅仅因为和朱老师倍儿熟，就要落槌吗？总觉得少了点什么。

金默突然想到了什么，对了，朱老师，你为什么那么热情地给我介绍一女朋友呢？

朱老师说，给你介绍女朋友你怎么还疑神疑鬼的？

金默淡淡一笑，我们认识那么多年来，你给我介绍过三次女朋友，一次是自己玩腻歪了找人接盘；一次是觉得那个女生很好，但是自己已经有女朋友了，又不想肥水外流，于是给塞了过来；还有一次是自己没有追上，恳请我出马追上人家，然后把人家抛弃了以雪你追而不得之大仇。但是那个妹子任何一个男人也追不上，因为她压根不喜欢男人。

朱老师惊呼，靠，原来真相是这个，你今天才告诉我，害得我耿耿于怀好久。

金默再次非常认真地提问，所以你说吧，这次，半夜三更的，到底是为什么？

朱老师应该止在微信那头狂拍大腿，我一个幼儿园老师，能骗你什么？

金默说，呵呵，你不说我就不回她微信！

朱老师许久没有回，估计是气昏过去了。

那天下午，制片人本来约了金默开会，不过临时又改动了一下，说临时飞横店了。金默倒是无所谓，甚至还有几分开心。因为他混成只剩一线生机，有很大一部分原因就是他不太喜欢与制片人沟通。

这个剧的制片人是一个老男人，如果是一个女孩或者女人，金默觉得自己沟通起来肯定会顺畅不少。老男人，夏总，上来第一天是很热情的，摆了一个大局——曲水环绕的深宅大院里，感觉好几百平方米的房间，一张大圆桌，就坐着两个人。金默与他，遥相对望。开了一瓶不便宜的红酒，酒醒了，金默困了。

感觉夏总是在千里之外举起了酒杯，来，干！就这样连着喝了三杯，金默觉得有点恶心。金默反而主动说，夏总，咱们聊聊剧本呗？结果夏总说，咱们喝开心了再聊嘛！金默少爷脾气上来了，夏总，聊剧本我很乐意，喝酒咱们就到这儿吧，我胃不好。夏总反应过来，好好，那你先休息，咱们改天喝茶聊剧本！这是一次不怎么愉快的见面，当然，也并没有怎么不愉快，都是风里来，浪里去的，什么没见过啊？

不过说实话，金默是不喜欢与制片人一句一句聊剧本的。

金默就曾经向朱老师吐槽过，那些制片人花钱请他做编剧，到最后又奋不顾身地加入到创作中来，越俎代庖，到底图什么？

朱老师就安慰他，因为你长得好看，制片人想与你多说话喽。

金默无语，你这是在安慰幼儿园的小孩子吧。

朱老师正色道，在编剧这条路上，你不就才在幼儿园吗？

想到这些糟心事，金默打算出去走走。

北京很大，出去走走，也不知道就绕到哪里去了。

金默走到一家咖啡馆旁边的时候，透过落地窗，突然看见夏总就坐在咖啡馆里面，对面还坐着两个人。金默有一瞬间觉得自己可能是穿越了，他特别拿出手机定位了一下，是在北京，没错。

金默下意识地退到一旁去，他的心扑通扑通地跳，这种心跳，比与任何一个姑娘接吻都要来得猛烈，来得刺激，来得让金默觉得有意思。

夏总有事就有事呗，还要编自己去了横店，这让金默想不通。

那时候，金默根本没有想到，制片人费了大劲儿把他从上海弄过来，其实并没有一锤定音，而是也在同时见其他编剧。他只不过是试稿的几个编剧之一。

制片人似乎要起身了，金默赶忙跑开了，咖啡馆转角是另一条路，金默躲到那边去了，心里还是满团疑惑。

这时候，有一个人把宣传单递到金默面前。金默用手拨了一下，结果那宣传单却被塞到了鼻子底下。

金默几乎是带着十足的愤怒拿开了宣传单。

但是拿下那张宣传单之后，金默却一个字也没有说出来。

当时金默就是一个表情，震惊。

许久之后，金默也分不清这种震惊是来自她与他初恋相似，还是来自她的好看。

有那么一瞬间，金默以为这是他的初恋，但金默又几乎是在同一刹那，判断出来这不是他的初恋。因为对方看他的眼神是有料的，虽然在那一刻，这种料里满是厌恶与不解，但至少是有情绪的。而如果是金默的初恋看他，眼神则是刚开过枪之后的枪口，空有硝烟，没有子弹。

她说，干吗呢你？

金默说，干吗？你挡着我了。

她说，我挡着你，这是我的工作，你能不能态度好点？

金默说，你的工作你不态度好点，凭什么让我态度好点？

她一下子就乐了，你是不是没有女朋友啊？

金默听出来了，她是嘲讽他这样与漂亮女孩说话，怎么可能找得到女朋友。

金默淡淡一笑，我现在是没有女朋友，但是我马上就有女朋友了！说实话，金默说这句话的时候，是想到了朱老师给他介绍的那个姑娘。

结果站在金默对面的这个姑娘笑了，是的，你马上就有女朋友了。

她把那张宣传单又往金默这儿递了递，你看看嘛，我们这网站就是为你们这种人准备的！

金默随便扫了一眼，看到了类似"相亲"啊"网站"啊的字眼。

这下金默是真的生气了，难道他看起来这么优秀的纨绔子弟，还找不到一个女朋友？开玩笑！他还需要一个破网站给他介绍女人？此刻他手机上就有一个女人，十分漂亮的女人，正在静静地等待他回复信息呢。而一个虽然说长得还有几分姿色的女人，竟然在光天化日之下，拦下了他，然后给他介绍对象！这是金默长这么大，受到侮辱最严重的一次。

金默当时是打算扭头就走的，不过没想到制片人夏总一行人竟然也往这边走来了。金默当时实在是上天无门、下地无路，不然他也不会在最后关头一把抱住了这个姑娘。姑娘倒是落落大方的，并没有太过惊讶，反而顺势依偎在金默的怀里。姑娘说，我知道你不愁女孩，但是你会谈恋爱吗？

金默愣住了。

她又说，拉个线搭个桥，让一个男的认识一个女的，这些都是老玩法了，我们公司的业务，主要是针对不会谈恋爱的人。我们所做的事情不是帮你去征服别人，而是带你享受恋爱。

金默不由自主地点了点头，他的眼睛还看着夏总。

女孩的声音继续传来，认识一下，我叫糖糖。

听起来很甜的样子。

大概是几分钟后，制片人彻底消失在视野里了，金默才松开了这个叫糖糖的姑娘。金默有点不好意思，那个，我……

糖糖倒是落落大方地说，没关系，我很习惯这种情不自禁。不过，也只限于此了，想要更多的话，可能对不起。

金默任由她说，打算转身离去，糖糖却在后边叫住了他，你就不留一个手机号码？金默说，一个拥抱换一个手机号？

糖糖愣了一下，没想到他会这样说，不过她马上又绽放出了笑容，那你走吧。

她这样说，反而让金默不好意思了，就在他有点内疚的时候，糖糖又热情地凑近了下一个目标，这让金默那一丁点儿的不好意思也荡然无存了。

金默回酒店的时候，觉得自己眼花了一下，竟然看到了朱老师的脸。他觉得自己是应该给那个女孩，叫什么来着，对，小遇，回个信息了。这朱老师都显灵了！不过他往里走的时候，那张脸竟然也飘了过来。金默转过身，朱老师就站在身后，一脸微笑。

金默戳了一下，活见鬼，是真人！

金默吓了一跳，你怎么来了？幼儿园这会儿就下课了吗？

朱老师也还是以微笑作答。

笑得金默心虚。

金默差不多要跪下来了，朱老师才开口，时间不多了，走吧。金默一万个问号，去哪儿？

朱老师率先走了出去，上了门口的一辆黑色商务车。金默站着没动，朱老师似乎早有准备，顺手就拉上了车门。金默只觉得其中有诈，果然，马上来了一条微信，本来还想介绍你与陆老师认识，那金大编剧回见了。

好像为了迎合那句"无图无真相"的名言，朱老师立马又发了一张照片过来，是他与著名偶像剧编剧陆老师坐在一起喝茶的照片！

大概反应了五秒钟，然后，金默疯一般去追逐那辆商务车了。

结果朱老师的微信又来了，你跑前头去了，就北京这交通，我们还在路口。

金默上了那辆"贼车"，朱老师还是那种微笑，你说你这是何苦呢？

小陆老师在饭店等？咱们吃什么啊？我请。

朱老师笑，不用不用，一顿简餐，撮合两个才华横溢的年轻人，哥高兴。

金默差不多要跪了，朱哥，朱总，什么都不用说了。你说，小陆老师要是指点我一二，以我的天赋，是吧，想不出来都难！

朱老师说，出不出来都看你自己了。

金默突然很圆滑地说，不不不，那还是得看朱老师您。

到了饭店包厢门口，朱老师止步了，朱老师说，你一会儿进去，不管发生了什么都要镇定，若你实在觉得没辙了，就看一眼微信。我给你锦囊，行吧？

金默说，什么意思？我怎么没听明白，整得那么邪乎？

朱老师突然拱了拱手，用一种非常复杂的眼神看着金默，兄弟，此刻沉默是金，咱们进吧。

朱老师率先推开了门，清脆地喊了一句，久等了啊。金默再次整了整自己的衣服，尾随而入。

金默从小到大不是没有在KTV、饭店、酒店进错过门，甚至也有数次不小心走进过女厕所，但从来没有像这一次那么尴尬、不自在。

虽然是吃饭的地方，饭桌旁却没有坐着人，甚至整个屋子里都没有人坐着。金默与朱老师刚进来，就看见了里面的两个人，一个站着，另一个跪着。跪着的是男生，金默与朱老师进来的时候，那男生似乎正在往自己脸上抽耳光。金默愿意缴纳千八百块钱给慈善机构，如果可以让自己不看到这一幕，特别是当他发现站着的那个女生是糖糖的时候。

男人因为金默等人的突然闯入而站了起来，糖糖冷笑了一声，你走吧。她又猛然转身去看金默，原来她是看到了金默的，你来了啊。

男人有些神经质地看了一眼金默，又看了一眼朱老师，然后用一种意味深长的眼神看着糖糖。

朱老师也用同样意味深长的眼神看着金默，然后轻声却又清晰地说，金默，你对得起我吗？没想到你是这样的人。

糖糖显然知晓了金默叫什么，她马上也像老朋友一般亲昵叫了他一声，随即，她又似乎特别内疚地对金默说，这件事你可以听我解释吗？我真的是与他分手后才与你开始的，他放不下我，不是我的事。

金默有种被雷劈到的感觉，他慌忙看向朱老师，朱老师却是一副失望透顶的表情，你已经有女朋友了？

金默还没来得及解释，糖糖的前男友就拎着凳子扑上来了。说实话，金默在那一瞬间是蒙了的，他的脑子还在消化走进这间包厢之后发生的狗血剧情，一时间看着凳子砸过来也没有什么反应。他甚至还听到了糖糖的惊呼声，不过就在凳子快砸到脑门上的一刹那，时间像静止了似的，凳子悬浮在半空中。金默回过神一看，朱老师不知道什么时候出手了。

他抓着凳子，云淡风轻的，反而是糖糖的前任涨红了脸。凳子再也不动一毫，直到朱老师将凳子轻轻拿下，放在了地上。

朱老师对糖糖的前任说，你女朋友已经把话说得很明白了，这位小兄弟呢，可能在今天之前都不知道你的存在，所以你不要把自己对感情的失望转换成对他的愤怒。王小波说过，所有的愤怒都是源自自己的无能。

朱老师还在喋喋不休，糖糖的前任已经不堪其烦，他用手指了指金默，又对糖糖说了一句，你记住，你再也找不到比我更爱你的人了。说完后，他扬长而去。

金默这才回过神来，他有点急眼了，糖糖同学，你怎么能这样利用我呢？

糖糖则是一副事不关己的样子，坐下来开始喝汤了。

金默只能对朱老师解释，哥，你听我说，她真的与我没有关系。

朱老师笑着，你不用解释，你与她之前是什么关系我不管，但是也就到这儿了。

朱老师问糖糖，可以吗？

糖糖一副心满意足的表情，没问题，你们要坐下来一起吃吗？

金默与朱老师出了包厢。

金默像是丢了半条命，哥，说好的带我去见陆老师呢，这都什么跟什么啊？还有，你什么时候学的武术啊？

朱老师说，我什么时候学的并不重要，重要的是你现在知道我会武术了。

金默说，你干吗？突然威胁我啊？

朱老师说，因为我想告诉你的是，一会儿咱们要见的，不是陆老师，而是……

金默有点不开心了，你是做了个局让我见小遇吧？

朱老师还没有来得及回答，就听背后一个声音说，让你见你老子哪儿那么多废话？！

金默回过头，竟是他爸。

金默也有小半年没有见到老爸了，但今天看到他还是有一种说不上来的奇怪。

老爸自然捕获到金默的这种想法了，他有点不开心了，小子，你见到你亲爹就是这个表情啊！

金默这才认真打量起老爸来，原来让他觉得奇怪的是他的穿着。他一个生意人，虽然不大穿西装，但总也得穿个还算得体的休闲装吧。毕竟是生出金默的人，而且也是一表人才，是能让一些大叔控欲罢不能的。可是今天，他却穿着花花绿绿的衬衣、一条白裤子，最可怕的是鞋，金光闪闪的，还带着铆钉。

金默看了看朱老师，显然，朱老师对金爸这副打扮也有点不适应。

金默看了看朱老师，眼神里也是千言万语，大概是，明明说好的带我去见陆老师，来了之后，你走进房间让我蒙受无辜的伤害，我也就算了。可原来是咱家老头子设的局，那你也不能这样骗我来吧，难道你是要看到父子厮杀家丑现演才开心吗？！

金默一个转身，打算快步逃走。

但是电闪雷鸣间，朱老师一只重而有力的手搭了上来，金默终于明白了那把椅子的感受。

金默回头憎恨又无奈地看了一眼朱老师。

朱老师则在眼神里流露出一种看幼儿园小朋友的迁就与坚定，就是，你可以闹，但是事已成定局。

金爸把金默和朱老师都迎进了包厢。

包厢的桌子上明晃晃地放着一个蛋糕，是那种有着与金爸身上一样色调的蛋糕。

金默的脸拉下来了。有些男人面对另一个男人（特别是当那个男人是他父亲的时候）给予他温柔时会产生羞赧，而这种羞赧在金默的脸上体现出来就是愤怒。

金默说，我生日都已经过了！

但是他的愤怒却没有得到老爸的回应，于是他自己也觉得无聊了。

金爸却没有察觉到金默的不自在，他拉金默与朱老师一左一右坐下了，立在一边的服务员倒上了红酒。金爸说，小朱啊，犬子在北京多靠你照顾啊。

金爸先干了。

朱老师也满饮一杯，显然是接受了金爸这个说法的。

金默还没有来得及问他们两个是怎么对接上的，朱老师就自己解释了一番，你爸问的闻香，她说在北京，而我们最铁。

金默话里有话地说了一句，是啊，真铁。

此时他的肩膀如被铁砂掌拍过一般疼痛。

金爸把脸转向了金默，儿子啊，我这次来呢，主要是有几个事情想与你说一下。

金默实在忍不住了，爸，你还是先说一下你怎么就……金默没有说下去，眼神落在他父亲那花里胡哨的打扮上。

金爸有点不好意思地笑了，你别着急，我一会儿与你说完了，你就明白了。

金爸挥了一下手，服务员直直地出去了。

金默做了一个请的手势。

金爸于是娓娓道来，第一呢，为什么今天老爸来给你过生日呢，我是觉得，昨天应该是属于你妈的，对吧，儿子的生日就是母亲的受难日，所以我觉得昨天，我作为你爸爸，是不应该来分享你对母亲的感恩之情的。

金爸说着从公文包里拿出一个大信封来，放在了金默面前，这是给你的生日礼物。

金默看了一眼，估计是几万块钱吧，他没动心，也没有厌恶，只是拿起面前的酒杯喝了一口。

第二呢，就是，爸爸这次来北京，也是想郑重征求一下你的意见，我觉得自己可能有第二春了。金爸继续说道。

朱老师正在喝酒，差点给呛到了。

金默淡然解释道，他想把我妈给追回来，他们离婚了。

金爸点了点头，这大概是我这辈子做过的最傻的一件事，不过我觉得把她追回来呢，一定会是我这辈子做过的最聪明的事！

金默一脸麻木的表情，他们闹离婚那段时间，他不愿意回想。

这时候，反而是朱老师举杯了，那金叔叔，我提前预祝你第二春春暖花开！

金爸用手指了指朱老师，儿子啊，你这个朋友，靠谱。

金默说，爸，你喊着追回妈，也不是一时半会儿了，这次你郑重了又会怎样，就是把自己打扮成非主流吗？

金爸叹了一口气，你妈以前老说我不尊重她的职业，这次我就以身作则来支持她。

金默只能再次对一旁咋舌的朱老师解释，我妈是服装设计师，你别想多了。

金默说，爸，你能确定我妈看到你这一身打扮不气得流鼻血？

金爸拍了一下桌子，她要生气呢，也还是好的，说明她对我还是有情绪的嘛！现在你妈，看我就像是透明的，眼神都能直接穿过我。

金默说，爸，你们复合这件事，我是支持你的，但是你也得考虑一下我妈的感受，是不是？

金爸特别霸气地说了一句，女人啊，有时候你不能考虑她的感受，因为她自己都不知道自己的感受是什么。而且这一次，我在北京呢，也特地报了一个大师班。一会儿见完你，我还要见一下大师。

金默想快点结束这个话题了，那我也祝福老爸你早点追到我老妈。

金爸说，好，所以我有个事，想让你帮忙。

金默叹了口气，我与我妈谈过很多次了，她已经死心了，至少我是很难让她枯木逢春了。

金爸说，不是不是，爸爸不是想让你帮爸爸去追回她，这还是爸爸自己来吧。老爸就是想让你来继承家业，那我呢，就有时间去追求爱情了。你这个年纪嘛，正好是打拼事业的年纪。

金默几乎要大笑了，爸，朱老师不是外人，他也不是那种势利的人，咱们家什么家底，我还不清楚，你好好去追求您的爱情去，至于什么家底、什么打理，没这个必要吧。

金爸显然猜到了金默会这样说，他起身给金默与朱老师都满上酒，然后点了点金默面前的大信封，打开，看看。

他笑得很暧昧，很意味深长。

金默有点迟疑了，朱老师则投来了那种带着一半鼓励一半威胁的目光。上一次金默看到朱老师这种眼神，是在幼儿园门口，朱老师让一个四岁的孩子放开妈妈的手，乖乖上学。

金爸又来了一句英文，Open it。

金默一把抓过信封，撕开。

从信封里掉出几份文件与银行卡。

金默拿起了一张银行卡，是一张信用卡黑卡，这让金默有点意外，怎么，送我一信用卡，把我养肥了，以后动不动就用停我的卡来威胁我吗？偶像剧看多了？

金爸笑，你再看看其他东西。

金默随便打开了一份文件，是一份公司股份移交证明，再看另一份文件，上面梳理了金爸的资产，股权、不动产、车、现金、黄金，金默在总额上面扫了好几遍，最后惊了，几十个亿！单位还是人民币！这是在开他妈的什么玩笑！

金默笑了，爸，回头我也给你整一资料，地球都是我的，你信吗？

金爸说，你信不信，这些都存在，你要是怀疑它的真实性，我相信只要给你那么一点点时间，你就可以去查证，而我，没有必要骗你。

金默本打算再冷嘲热讽一句的，却不小心瞥见了父亲头上的白发、脸上的皱纹，这一刻，金默突然就心软了。父母离异后，他虽没有与父亲决裂，却也时常言语中显狰狞，在他心底他还是站在母亲这边的。男人总是这样，在情感问题上，人生唯一一次会站在女人这边，可能就是对母亲或者女儿了。

金默啪一声把这些东西放下，所以你离婚没有给我妈钱吗？

金爸从容地说，我给了你妈一半，不过那些钱呢，她已经去公证处公证了，也是你的。所以金默，你现在的身价是你看到的数字，乘以二。

第三章

有时候，配得上的对手，也可能是一生的挚友。

金默看了一眼朱老师，朱老师无动于衷地坐在那儿喝茶，金默觉得自己的大脑有点儿转不过来，他先是有一个很滑稽的念头闪过——朱老师怎么可以这么淡定，他是与一个有四十多亿的人坐在一起吃饭啊，不应该是跪着的吗？

不过他马上又回过神来，冷冷地面向自己的父亲，所以这几年，你其实一直在装穷？

金爸说，是没有告诉你所有的真相，但是也没有苦着你啊，看你这样健康地成长，我觉得自己的这个决定还是挺对的。现在我觉得是时候让你能够好好运用这些财富了。

金默把东西推了回去，他盯着这个逐渐有些老去的男人足足半分钟，我现在真的有点明白我妈的感受了，你太自以为是了，也太自作多情了。这些钱，你爱给谁给谁，我不要。

金默起身离开了，这一次，朱老师没有强留下他，反而起身追了出来。

朱老师这次没有用武力征服金默，只是默默尾随着他进入了一个酒吧。

金默点了一杯烈酒，朱老师走到座位前，金默没好气地说了一句，对不起，这里有人了。

朱老师问，几分钟到呢？

金默想起了当时东京的那场情谊，又想起回国后许多事情都承蒙朱老师照顾，而这件事呢，其实也与朱老师无关，如此，金默也就不好莫名其妙地生气，朱老师于是也就顺势坐下了。

朱老师也要了一杯，两个人默默对饮了三杯。朱老师幽幽地说了一句，我从来没有想过，一个人得知自己拥有了几千万后，会是这种状态。

金默把酒杯一摔，几千万？他妈的，老子现在有四十个亿！

朱老师点了点头，那又怎样？钱这种东西不要看得那么重嘛。

金默说，所以你其实比我更早知道。

朱老师点了点头，是啊，令尊希望我能够在你身边帮着你，自然会告诉我一些事，这是他对我的信任。

金默冷笑一声，你没有问问我就答应了？

朱老师说，除了我，还有谁更适合担任这份工作呢？

金默奇了怪了，工作？

朱老师笑，令尊看得起我，开了一个幼儿园工资五百倍的价格，我无法拒绝。

金默这才反应过来朱老师刚才说的"我从来没有想过一个人得知自己拥有了几千万后会是这种状态"，是什么意思了，这句话敢情说的是他自己啊。

金默嘲讽了一句，你不是说钱这种东西不要看得那么重吗？

朱老师说，那也不能看得那么轻啊！

金默沉默了。

朱老师说，你还想认识陆老师吗？

金默用力点了点头，你是觉得我有钱了，就不想认识她了？

朱老师微微摇头，不是，是我有求于你。而且这件事情呢，钱也解决不了。

金默说，那是，比如感情，钱能解决的话，我妈就不会离开我爸了。

朱老师招呼酒保再来一轮酒。朱老师说，你知道我一个华尔街精英为什么会去幼儿园当老师吗？

金默有点蒙，你是说自己是在华尔街英语进修过吗？

朱老师淡淡一笑，华尔街，美国的金融中心，以前我就在那儿上班。

金默当然想知道朱老师为什么会去幼儿园当老师了。他们认识也有几年了，微信聊的量也有几个 G 了。但是随着金默慢慢了解到朱老师更多才能后，他就更加奇怪朱老师为何会选择在幼儿园执教。

华尔街精英，武术散打冠军，长得也马马虎虎算个帅哥，去哪儿随随便便不能找个工作。金默之前不是没有问过朱老师这个问题，可当时朱老师的回答是，毕竟天真现在只有在幼儿园才能找得着了。

今天朱老师好不容易要分享这个八卦，金默自然洗耳恭听。

结果酒吧到点了，驻唱歌手开始唱歌。

简直是震耳欲聋，根本听不清朱老师说了什么。金默一个焦躁，挥手让酒保过来，他手一指，给他们开个香槟。

酒保连忙点头，好咧，先生想听什么歌呢？

金默吐出一个字，默。

酒保一副了然的表情，是那英版本的还是周董版本的？

金默脸黑了，我的意思是，喝酒，让他们闭嘴。

酒保愣了一下。金默又补了一句，点最贵的，去吧。

朱老师有些赞赏地看着金默，你看，这人哪，有钱了，处理事情就变得有味道多了。

金默说，不，我只是觉得花这些钱听你的故事值得而已，那你就开始说吧。

朱老师说，不过我想听一个《再见二丁目》。

金默有点尴尬了，这样不好吧？！

朱老师说，你试试，人家一定会答应你的。

金默觉得无聊，就因为我有钱？

朱老师笑了，只是因为他们能赚钱罢了。

金默突然明白了，他又招呼酒保过来，果然，过了一会儿，一个沙哑版的女生开始唱起这首哀伤的歌曲来。

满街脚步突然静了，漫天柏树突然没有动摇。

这一刹，我只需要一罐热茶吧……

朱老师的脸色在流转的灯光下也变得哀伤起来，金默以为朱老师的故事的开场白是，那是很久以前……或者是，说来话长啊。

结果朱老师都没有铺垫一下，上来就直抒胸臆，因为我儿子在那个幼儿园。

金默差点没从椅子上摔下去。

朱老师接着说，没错，我与你爸一样，我也离过婚，我在你那么大的时候，有过一场婚姻。算是闪婚吧，我们是在日本旅游的时候认识的，说了很多很多话。我记得那时候酒吧有一个华人歌手在唱歌，唱的就是《再见二丁目》，回国后，我们就结婚了……

所以那次你去东京，就是去找寻逝去的爱情？

朱老师说，可是结果却认识了你。

金默笑，以后我写一首歌，就叫《相识二丁目》。

朱老师点了一根烟，后来我们有了一个孩子。大概是坐完月子的时候，她突然觉得，她的青春不能就这样被埋葬了，她还是想追求自己的梦想，她要去留学，去美国。然后我们就离婚了，孩子呢，判给了她，她妈带着，到了上学的年龄，就送到了这家幼儿园。我那时候在投行上班，有空就过来看看，有一次我过来看我儿子，发现他正被另外几个孩子欺负，其中有个孩子说，你又没有妈妈，又没有爸爸……当时，我特别难受。

原来我非不快乐，只我一人未发觉。

如能忘掉渴望，岁月长，衣裳薄。

无论于什么角落，不假设你或会在旁。

我也可畅游异国，再找寄托……

　　说实话，离婚，孩子判给别人了，我都没有很难过，可是那一天我看到我的儿子被别人推倒在地上却没有哭，麻木地接受这一切的时候，我突然就想保护好他。至少，在某个时间段内，我不能因为我们两个大人的幼稚，让他受伤。之后我就辞职了，然后很快应聘成了这里的老师。我前岳母接孩子的时候看到过我，但是我们达成了共识，不在孩子面前说这个。我就想陪他这三年，以前我总觉得这孩子的存在，是我与她的牵连，所以我就一直没有把他放在很重要的位置上。但是后来我才明白过来，这个孩子就是我与这个世界的牵连啊。

　　金默不知道说什么，一个以为很熟悉的朋友突然说自己有个儿子，这种震撼程度虽然比不上自己突然有了四十个亿，但还是蛮震惊的。

　　朱老师继续说，你知道我是怎么认识陆老师的吗？

　　怎么认识陆老师的，这似乎并不是一个问题。

　　全国大多数人民认识陆老师都是通过电视荧屏上的作品啊。这些年来，那么多脍炙人口的电视剧，让陆老师走进了千家万户。本来，电视剧都是红明星，顶多红一个半个导演，从来都没有编剧什么事，可陆老师就有这种魔力，硬是站在幕后却闪耀在幕前。其实也并不是说作品是多么多么好，好到所有人都想看看下鸡蛋的母鸡是什么样子的。

而是陆老师实在太美了，有一次，记不清是开机还是宣传，她也就随着主办方出席了一下——事后听说是合同写的，不得不来，结果被那些记者误认为是女一号，咔咔一顿乱拍。陆老师还没来得及说明，真正的女一号就到了，一脸怒色地站在台上。结果是，有些记者扫到了她，却并没有当回事，因为两相比较下来，他们仍然还是觉得陆老师更像女一号。后来，虽然主持人澄清了事实，但是记者们的新闻标题《电视剧××编剧美过女一号》，已经在网络上炸裂开了，就是这么简单、直白，然后是两张对比的现场照片。有图有真相，真相真可怕！

陆老师的风情万种与那女一号倦怠妆容下的飞扬跋扈一对比，简直获得了一边倒的支持。那女一号也是可怜，本来就没有做错什么，只是发发女明星都会发的脾气，耍耍女一号该有的大牌，却因为撞上了陆老师的清澈无辜而成了炮灰。而那个电视剧播出的时候，大家讨论的话题一直都是：陆老师本来就应该自己来演这个角色！剧中的女一号简直就是陆老师本人啊！如果陆老师本人出演的话，这个剧简直就会逆天啊！

陆老师从此飞黄腾达，一举跃入一线。作品呢，也都在水准线上，于是，年纪虽轻，虽为编剧，却已然有了明星的号召力。

很难否认，金默崇拜这个女人，除了业务上的精良之外，她还有这一层闪耀的光环。

这是大众认识陆老师的方式，显然，朱老师与陆老师之间还有着不一样的故事。

其实陆老师有一个很好听的名字，叫陆尧，叫老师是因为文艺圈的不良风气。金默就很反感别人叫他金老师，于是大家都顺而改口，叫金总。

而朱老师与陆尧的故事是这样的。

朱老师在幼儿园当教师的前几个月，一切顺利。到了第三个月的时候，有一天，他儿子与一个女生打架，朱老师的儿子把那个女孩的眼睛给打了。

朱老师到班级的时候，校长是黑着脸把他叫进办公室的，校长质问朱老师午餐时间干吗去了，几个孩子打架，李小奎（朱老师前妻姓李）差点把陆小朵眼睛给打瞎了。学校已经通知双方家长了。一般来说，午餐时间朱老师是吃午饭去了啊。当然，教室里也有值班的老师在，但因为朱老师是班主任，又是男人，于是校长就把账算在了朱老师头上。如果他知道朱老师是李小奎的生父，估计会把朱老师给生吞活剥了，因为看起来，校长很畏惧那个陆小朵的家长，似乎对方来头不小。

这就是朱老师与陆尧的初遇。

朱老师很不巧地，不太关注演艺圈，并不认识陆尧，所以面对校长的各种偏袒与谄媚，他是没有太多表情的。而小奎的姥姥匆匆赶到的时候，狠狠瞪了朱老师一眼。陆尧却直面朱老师，冷冽地看着他，提了两点，孩子的家长必须道歉，打人的孩子要调到其他班去。

小奎的姥姥脸色不太好，朱老师这时候反而很有担当地站了出来，那行，我向你道歉，没管住孩子，是我不好。

陆尧很奇怪地看着朱老师，你听不清吗？我让孩子的家长道歉。

朱老师字正腔圆地回答，我就是孩子的家长。

朱老师面对校长惊疑的注视、姥姥失望的表情，还有陆尧饶有兴趣的目光，坦然地道出了事情的真相。其实也就是一个悲摧的早年离异的男人的真相，却因为他为了孩子放弃光耀的工作，委身于幼儿园而变得有趣起来。

结果这件事发生了神奇的逆转，陆尧说，我的情况与你差不多，现在也是我一个人带着孩子。如果情况是这样的话，我愿意相信你能够照顾好包括我孩子在内的所有孩子。

金默问朱老师，所以你就是因为这件事喜欢上陆尧的吗？觉得她那么一个名人，竟然没有隐藏自己有孩子的事实。

朱老师叹了一口气，可能纯粹是因为长得漂亮吧。

后来，一见钟情的朱老师就开始对陆尧展开了攻势。他这种起初并不知道陆尧是个明星，后来知道了也并不把她这个明星身份当回事的做法倒是吸引了陆尧。但是陆尧迟迟不答应朱老师，在朱老师的一再逼问下，陆尧给出的说法是，她有个好闺密，她不希望自己在她之前找到男朋友。

金默这才反应过来，所以你就介绍了那个谁给我认识，叫什么来着。

朱老师笑了，你别不乐意，你知道小遇是谁吗？

小遇是谁？陆尧的闺密，不是吗？

你知道人与人之间如何才能够成为闺密吗？朱老师反问。

嗯，这个我倒是没有研究过。

像你我，成为基友，是因为……朱老师循循善诱。

嗯，是狭路相逢，是意气相投。

朱老师点了点头，没错，这是其中一种，还有一种就是，有时候，配得上的对手，也可能是一生的挚友。

金默突然想到了什么，你是说，这个小遇，其实就是……

没错，就是当年被陆尧抢走了许多风头的那个女一号。

她们如何由敌变友，又可以写成一部电视剧。女人就是这么奇怪，爱与恨可以切换得很快。她们其实也没有多少恨，都是外界强加的恨，而互相的亲近之意，反而是来自内心对彼此的认可。小遇对陆尧说，你总归还是比我优秀，你去演戏，也是可以的；而我去写戏，扑街。一个女人能够承认另一个女人比自己优秀，这就是朋友。这是唯一的证据。

她们成了好朋友，而且好到了其中一个被人追求的时候会提出一个要求——只有自己的好闺密能够找到一个恋人，自己才愿意打开心门。

小遇只是一个代号，那个曾经算是火过一把的女演员有个很好听的名字，叫作陈阑遇。

陆尧说，我虽然离婚了，我还相信爱情，但是我的好闺密却并不相信爱情了。她人生的转折来自我，可我似乎没有力量去改变她，这是我的一个心事……

做编剧，有一个准则是，写台词的时候，不要把话说满，就是说，要有一些留白给读者，这是很见功力的。

那天陆尧与朱老师聊天的时候，就是留下了这样的空白，朱老师却听懂了。今天朱老师与金默再说起这个故事的时候，也留下了这样的独白，金默自然也听懂了。

金默只是无法接受，因此，朱老师就把他给垫上了？

朱老师自然能看出来金默因此不开心，他微微一笑，放心吧，我不是那种为了自己出卖兄弟的人，不需要多久，你就会感谢我的安排。还是先说说你的事吧，你到底要不要支持你爸？

金默叹了口气，他要把我妈给追回来，这件事，我没有不支持的理由。

朱老师接着说，不过那四十亿，你不想要？

金默说，反正也跑不了不是？

朱老师说，所以你想过一段没有金钱束缚的日子，追求一下自己的梦想，看看自己的价值。反正实现了最好，最坏的退路也就是回去想想怎么败掉那四十个亿？

金默忍不住鼓掌，知我者，老朱也。

那天晚上，金默与朱老师还聊了很多，有的没的说了一大堆，正因为说了那么多，朱老师说的那一句"不需要多久，你就会感谢我的安排"并没有被金默放在心上。

喝得差不多了，金默高调地招手让酒保过来，买单！

服务员过来了，金默一脸醉意蒙眬地看着朱老师，朱老师有点意外，几乎是用嘴型说了句话，你都四十亿了，你还不买单？

金默也用嘴型回敬之，可是我暂时放弃了啊，而你这不是已经答应了几千万年薪的工作吗?

朱老师无奈，只能拿出信用卡，拍在了桌子上。朱老师又拿起了账单，靠，那么多钱?

服务员微笑，让乐队不唱歌与唱具体某首歌都是收钱的。

朱老师说，靠!

金默安慰他，刷吧，咱们也不差钱。

金默是被朱老师送回酒店的，第二天醒来的时候，已经是十二点四十分了。金默看着这个时间，总觉得哪里不对劲儿，仔细一想，四十分可能让他联想到了那四十个亿。四十个亿，当时可能真的会头脑冲动说，我不要，爱谁谁。但当这个数字慢慢进入到脑海里，又酝酿了一夜后，突然鲜活起来了。四十个亿，意味着什么?

他在心里算了好几笔，这个概念实在太大，即使是房价飞速增长的今天，四十个亿还是能够买到数不清的房子啊。

他正好靠在窗边，往楼下看去，看到了城市的清洁工人，而这时，正好闻香打来电话。闻香说，金默，我得跟你说一个事情……金默却问她，闻香啊，你说北京的环保工人，一个月能赚多少钱啊?

大概三四千吧。

金默回了一句，那得多少个月啊? 对了，你要说什么事?

闻香叹了口气，没什么，我到北京了，有点事，晚上过来找你。

金默这才反应过来，这是自己的私人助理到了，不过，现在的他，也确实需要一个私人助理了。他心里突然又闪过一句玩笑话，这个闻香，眼光可真毒辣啊!

金默愉快地说，那就晚上见吧！我也有个事要告诉你。

挂了闻香的电话，金默的心情突然好了一点。闻香就像是燥热夏夜里露营时候带的一盘蚊香，她的存在可能并不那么起眼，却又那么重要。身边降临了这样的大事，朱老师是可以给自己许多智慧上的帮助，但闻香的存在却可以让自己踏实。

挂了闻香的电话，他正想着要给闻香开多少钱的工资呢，金父的电话就进来了。

金父说，醒了啊，中午一起吃个饭吧。

金默吓了一跳，你怎么知道我醒了？他立马去看房间里有没有摄像头，看身体上有没有被装了什么。

金父说，我刚打了三个电话你都在通话中。

非常没有创意，今天吃饭的地方还是昨天吃晚饭的地方。不过金默再次走进大堂的时候，突然反应过来，这里应该是家里的产业了，因为餐厅的名字带了母亲名字的一个字，带了自己名字的一个字。组在一起虽然很难听，但这是他们家的餐厅，无疑了。因为除此之外，没有人会把这两个字组合在一起。

金父今天穿得更像是一个很有身价的人了，或者说，只是因为他告诉了金默这个真相后，可能去澡堂，金默也会觉得自己的父亲可能没有那么有趣——但确实像是有二十个亿的样子，而自己，嗯哼，是四十个亿。

今天的饭局只有父子两人，金默心里以为，父亲一定会继续苦口婆心地劝说自己接受那四十个亿。没想到父亲神情冷淡，说，昨天我与你妈达成了一个协议。

金默感觉自己只喝了一口酒就醉了，你那么快就把我妈给追回来了？

金父说，我与她的事只是万里长征第一步，但你的事，我们有一个共识。

金默黑着脸，你们是我的父母不错，但是请你们不要自作主张地就安排了我的人生，好吗？

金父说，我们没有帮你安排呀，只是让你做一个选择而已。

金默火气上来了，那我告诉你我的选择，我选择过我自己的生活。

金父却像是没有听到金默说了什么，自顾自地往下说，你想拿到那四十亿元呢，得有一个条件。

金默拍了拍桌子，爸，我不想要那个钱！

桌上的菜都振动了一下，但并没有撒落出来。

金默自己也吃了一惊，他竟然就把这句话给说了出来。心里想是一回事，真正说出来，是另一回事。

金父愣了一下，他抓了抓嘴角，虽然那里什么都没有。气氛一下子沉重下来了。

金默有些扬扬得意，拒绝四十个亿，这件事可以吹一辈子牛了。

金父拿毛巾擦了一把脸，他带着老男人特有的那种处事不惊的温柔笑了，小子，我知道你心里在想什么，你肯定觉得即使现在你拒绝了这笔钱，等我们两个老家伙蹬腿了，这笔钱照样还是你的。你先自由在你所谓的梦想上，然后你再自由在这笔钱上，是吧？

金默脸上一阵红一阵白，知子莫如父，对于金父的这一顿说，金默都没有什么好辩白的。其实朱老师也猜到了，金默心里确实是这么想的。

金父有点可惜地叹了一口气，如果你坚持放弃的话，虽然这不是我与你妈妈想看到的，但是说实话，我们也是想了应对措施的。

金默心里滑过一个念头，难道我还有一个弟弟？

金父平静地说，如果你不要那四十个亿呢，我们就捐给希望工程了。毕竟，你不要，我们也带不走不是？

金默觉得嘴巴发干，什么都说不出来了。

金父继续说，你想听听如果你想拿到这四十亿需要做点什么吗？

金默没有说话，显然是默许了。金默显然忽略了一个事情——如果有个人，有能力赚到四十亿，那他一定是不简单的。只是因为父亲想要追回母亲，总是一副失败者的形象，而且他向来都让金默以为他们是落寞豪门，于是金默就忽视了他的真正实力。金默轻敌了，显然，昨天金父投掷了一颗炸弹，这炸弹也在金默心底炸了，而今天，他才来收拾这一片废墟！

金父说，你如果想要拿这四十亿呢，就与闻香结婚。

金默一下子没听清，什么？

金父说，我与你妈在这个问题上都很统一，男人还是得先成家，再立业。给你四十亿，如果不配置一个管得住你的女人，你会飞掉。

金默说，你不是让朱老师帮我吗！

金父笑，但启动朱老师是在你能拿到四十个亿的前提下呀。

金默还是有点无法接受，爸，你开玩笑呢，现在都什么社会了，你太封建了吧。

金父说，我不是与你讨论，我就是告诉你一下。金父抬手看了一眼手表，好了，你要不先回吧，一会儿我还约了个人。

金默突然想到了朱老师说的那句话，以后你会感谢我介绍小遇给你的。他对金父说，爸，既然这样，我告诉你，我有女朋友，而且我们快要结婚了，她以前是个女明星，叫陈阑遇。

金父不置可否地看着金默，显然这是他没有料想到的。

金默忍不住拿出手机，你是不是不知道她，我给你看她朋友圈的照片……

金父摆了摆手拒绝了，那这样吧，你看她最近哪天有空，我们一起吃个饭。

金默咽了一口口水，好啊，没问题。

金父没有问怎么认识的、认识多久了、到哪一步了这些问题，他又一次看了看手表，那你走吧。

金默站了起来，他看了一眼那些菜，此时，他是没有胃口的。他说，那我走了啊。

金父在背后追了一句，你告诉她，她演的那个婆媳剧，我还挺喜欢的。

金默干干地笑了一声，推门出去了。

而正要推门进来的，正是那个，糖糖。

看到金默从房间里出来，糖糖并没有任何吃惊，她大概早已从金默父亲那儿知道了金默。真是无巧不成书！金默看到糖糖也只有一秒钟的意外，他回想起在大街上她拦下自己说的那些话，又想到父亲最近要追回母亲，糖糖的出现，反而有些水到渠成。不过他嘴角带着那种淡淡的嘲讽，在金默的心里，糖糖基本上就是一个江湖骗子——一个正经女孩来谈工作的话，会穿得更严实一些吧！不过金默也觉得解气，父亲现在这样玩了自己一把，所以他也并不觉得让这个老江湖被一个江湖骗子耍一把有什么不好。所以这种嘲讽，虽是让糖糖看了，却更多是给予父亲的。

糖糖反而还反客为主地说了一句，走了啊？

这句话让金默恶从胆边生。他心情不好，本来是他力拒了四十个亿，现在怎么就突然是，要拿到这四十亿就要与闻香结婚？四十亿还是那四十亿，金默却不再是那个自以为酷到不行的金默了。

金默再往外走的时候，分明听到了房间里父亲那爽朗的笑声。他突然有个奇怪的念头，说不定这两个人搞在一起了呢。那不管他愿意不愿意，在辈分上，这个小浪蹄子都得是他妈。想到这一层，金默突然又想到了另外一层，金默迟钝，那么多年也不知道家里有那么多钱，而金父找糖糖解决私人情感问题，那她一定借机彻底了解清楚了金父的状况。当她了解到她的客户拥有二十个亿之后，那样的一个女孩，动其他念头的概率还是很高的，特别是今天又穿得那么风骚！

金默忍不住要捶胸顿足了，不过他马上又冷静下来，打了个电话给朱老师，朱，我需要马上见到小遇，对，就是那个陈阑遇。

他又马上打了一个激灵，因为朱老师分明说过，以后你肯定会感谢我的。

金默清了清嗓子，所以你一直都知道？

朱老师说，我与你爸聊了几次之后，是觉得有这种可能性的，况且，我不也需要你需要她吗？

朱老师那么坦诚，金默于是也就消气了，反正你安排安排，我得见见她。

朱老师说，行，那我就为你赴汤蹈火了！

这个老奸巨猾的家伙，本来是金默帮他的忙，现在反而变成了他为金默赴汤蹈火了！

第四章

男人是可以单纯地因为女人的外貌而变得花痴，
但男人也可以因为深刻地爱着这个女人而花痴。

金默气鼓鼓地回到酒店，没想到闻香在大堂等他，旁边还有夏总，两人好像正在争论什么。看到金默来，闻香不说话了，夏总却并不管金默，说了一句，你来了正好，大家把事情给说说清楚。

金默还傻乎乎地问了一句，嘿，哥们儿，你不是在横店吗？

为了他这个谎言，金默甚至还在大街上抱了糖糖。

夏总含糊地说了一句，回来了啊。似乎横店虽远，却近在通州。

金默注意到闻香的脸色并不太好，这么多年了，闻香似乎总是心事重重的，但她从来不会在金默面前摆脸色。人都是这样，因为她对他不会有脸色，金默反而动不动就摆脸色出来，而当闻香有脸色的时候，金默首先想到的是奇怪，而并非是她怎么了，哪里不开心了，需不需要关心一下啊。当然，脸色更不好的是制片人，虽然他的脸色就从来没有好过。

闻香显然想支开金默，你先回房间吧，我一会儿来找你。

金默还是傻乎乎的，你们两个，有什么问题吗？

夏总再也憋不住了，哥们儿，我们觉得你不太适合做这个剧的编剧。

金默瞬间就炸了，什么意思？

字面意思。

字面意思，就是你丫滚吧。

金默这才反应过来闻香为什么脸色不好了，不是因为她自己，说到底，还是因为他。

夏总又转过脸对闻香说，真不是不愿帮这个忙，实在是人家导演非得用自己的创作团队。你要是心里过不去，投的那几百万，我退给你。

这一下把金默给惊着了，原来他的这个机会，是这样得来的。

惊着了之后，对闻香的感动还来不及整理，那种莫名其妙的男人的面子就从背后愤怒地来了。

你这是在可怜我吗？他可怜兮兮地丢下这么一句话，就走进了电梯。刷了一下卡，竟然没有刷出来，显然，剧组把他的房间也给退掉了。

他看着电梯外站着的两个人，特别是闻香，此时一脸的惆怅。他不喜欢看见这样的惆怅，因为这种惆怅满是对自己的关心，而这种关心让他觉得难为情。

他猛然间又想到了父亲说的，要拿到那四十亿，他就得与闻香结婚，得有一个女人看着他。他是残疾了吗？他是犯罪分子吗？为什么要看着？

金默从电梯里出来，走过闻香身边的时候，恶狠狠地说了一个字，滚。

从小到大，金默没少与闻香说过这个字，"滚"这个字，在现在这个时代，并不是什么大不了的，用在某些特别的语境里，指不定还有撒娇的功用。但在金默与闻香的交流体系里，这个字因为闻香的忍辱负重而变轻了，至少对金默来说，他并不觉得这个字具备多高的伤害值。

他就这样从闻香身边走过去了，丝毫不顾她的感受，或者说，他要的就是让她难过，因为她怎么可以用几百万去购买他的梦想，让他没了作为一个男人的尊严。即使他也特别明白她所做的这一切都是为了他好，可是这种她自说自话的浪漫，金默不要，他受够了！

金默愤慨地离开了。

闻香留在原地，夏总在一边不解风情地煽风点火，你看看这人，能好好沟通吗？我跟你说啊，在这个圈子混，你首先要做到的就是一个字，忍。

闻香像是一尊蜡像，立在那儿，听不见，也看不见。金默说的是滚，她却定在那儿。这么多年过去了，金默还是这样不管不顾，而她闻香，还是会因为他的一个字而撕心裂肺。什么都没有改变，过去了那么多年，他还是这样的他，可又正因如此，他让她爱得静水深流，让她也恨得咬牙切齿。

金默读高中的时候，喜欢写诗，闻香于是就成了他的第一个读者，虽然那些诗都是写给其他女生的，但是为了金默，闻香也帮忙去看里面的遣词造句。金默兴致勃勃的，闻香当然不开心，但是闻香的脸色金默看不见，或者看见了也并不往心里去。金默算是一个挺敏感的人了，不过因为闻香那深沉的爱，他的细腻就没有用在她身上。这只是一件小事，但是也能说明一个问题，那就是，金默慢慢地越来越成熟了，越来越懂得为人处世了，可是好像，闻香是被金默放在那个懂事系统之外的，他对全世界的人都不再那么莽撞了，但偏偏对闻香凶狠有加。而且，他的这种凶狠打到闻香身上的时候，似乎都是透明的刀，他自己并没有察觉，他也从不知道自己那透明的刀，会让她遍体鳞伤。

金默拦车去找朱老师的时候，心里给自己恶狠狠地下了一个指令，即使不拿这四十个亿，他也绝对不会娶闻香的。

金默坐在出租车上，看着偌大的北京。北京啊北京，这个可以与"梦想"这个词汇连接在一起的城市。他来北京是来追逐自己的梦想的，但当他真的在钢筋水泥里拿着一个渔网去捕捞自己的梦想的时候，这才发现，他的梦想在这个城市只是一枚不会发光的银针。你小心翼翼去追寻，别人却可能不屑一顾，甚至你的梦想都可能沾染上别人的私欲。真是恶心哪！

这个生日过的！

这几天实在发生了太多事，这些庞杂的事情不就是最好的剧本吗？他脑海里浮现出一块黑板来，发生的每一件事情都宛如银蛇，在黑板上蜿蜒盘动，最后都纠缠在了一起。

一直对他很好的闻香就像阿拉丁神灯一样，总是明着暗着满足他的各种愿望。这一次也是，他应该早想到的。明着帮介绍一个活，金默是能接受的，但背后攀附着这样的交易，就是金默所不屑的了。

好，这件事如果就这样终止也没什么，北京有那么多公司，有那么多剧需要编呢！真有才华的话，大不了从头再来呗。只是父亲拿着四十亿的金蛋从天而降，砸得金默有点晕，绕来绕去，他有拒绝的矫情，却没有真的拒绝的勇气，而父亲开出的条件是，他要娶闻香。在他最讨厌她的时候，让他娶闻香，呵呵。

而朱老师因为一己私欲，把陆尧的好闺密、过气的女明星陈阑遇介绍给他，他是拒绝的，至少一开始他是非常冷处理地对待她的。但是因为朱老师那感人的爱情故事，也因为自己如果不找一个替代的人选，就要娶一个很爱很爱自己的人了，所以金默只有一个选择，那就是赶紧与那个陈阑遇在一起吧。如果都是自己不爱的人，那选择一个不爱自己的反而比较好吧。

他与陈阑遇甚至素未谋面，现在却要被命运安排到这样一个狭小的渠道，他要向她走过去，拥抱她，甚至要与她在一起。苍天啊，如果他是一个角色，那支配这个角色的，绝对是一个真正厉害的编剧，因为这道题，就只有一个答案。

金默与朱老师相约去泡澡。

朱老师说，脱掉衣服，你也是一样的皮囊，忘掉那四十亿，咱们聊一聊。

聊什么？

聊怎么把四十亿搞到手。

朱老师在水里劈了一个水花，以你对你爸的了解，他真的会把钱捐掉吗？这逼婚也是绝了。

金默被溅了一脸水，说，好了，我现在是这样理解这个事的，就是帮你而已，这样我心里会觉得自己是一个英雄。

朱老师说，也是，咱们都是简单的人，不要把自己复杂化了。你也不要有那么大压力，觉得与这个姑娘在一起，你就不能幸福了。你就简单接触，喜欢就在一起，不喜欢的话，就暂时勉强在一起呗。

金默转过头盯着朱老师深情地看了整整三分钟，你能不能告诉我，为什么你每次说无耻的话的时候都显得那么纯良？

朱老师靠着水池，仰看天花板，咏叹了一句，是要吃过多少苦，走过多少弯路，承受多少委屈，才会看起来那么纯良啊？

金默点了点头，是一句好台词啊。

洗完澡的行程，是去见陈阑遇。金默这才想起一件事情来，我们好像忽略了一个问题。

什么问题？

就是，好像你一直都在做我的思想工作，好像我答应了，这件事就成了，但你不是说这个姑娘不相信爱情了吗？

朱老师胸有成竹地道，嘿，你能想到这一层，我还是挺开心的，不过呢，对于这个问题，我也是请了高手，帮你构建了你与她的前史故事的。只要你好好理解和表演，再加上你的外表与谈吐，拿下她，不是问题。

高手？金默有种不祥的感觉。

是啊，其实你也知道的，就是那个糖糖，听说她还在给你爸做顾问呢。

金默突然笑了，哈哈哈哈哈哈哈哈。

糖糖与金默约在了咖啡馆。

糖糖本来挑选了一个距离两人差不多的咖啡馆，金默却问了一句，那儿距离你公司多远啊？

糖糖似乎还用地图查了一下，打车过来二十多分钟吧，你过来十多分钟。

金默算了一下，要不这样……

糖糖还在打字，没关系，这是我的工作。

金默后面的话来了，你反正都要二十分钟了，索性再加个十分钟，就到我酒店下面的那个咖啡馆，我请你喝咖啡，如何？

糖糖并没有怎么计较，她在微信上给金默发了个PPT，这个你先看看。

什么啊？

你与陈阑遇的前史故事。

金默随便翻了一下，就被曲折的故事给打动了，他突然觉得自己自称编剧简直是一种嘲讽。

什么时候编的啊？

熬了好几个通宵呢，你可不能辜负我啊！

她给金默和陈阑遇规划的前史大概是这样的：金默以前在某部

电视剧里看到过她，而她当时演的剧情与金默的经历恰恰相近，虽然在这个世界上，无论在现实中，还是在电视剧中，离婚都是最常见的剧情，不过让金默感动的，就是陈阑遇演的这个故事。用糖糖给金默安排的情绪提炼来说，就是一份孤独遇见了另一份孤独。延续这种感动，金默逐渐将自己的喜欢投放到了陈阑遇的身上。

一份孤独遇见了另一份孤独，听起来像是说，两份孤独就不会孤独了。

北京的咖啡馆不如上海的有情调，但好歹也还算是咖啡馆，多多少少还是有点浪漫气息的。金默去点咖啡，糖糖像是习惯性地说，卡布基诺，不加糖。金默愣了一下，开了一个蹩脚的玩笑，是因为你自己太甜了吗？

糖糖却没有领情，只是漠然地看了金默一眼，等金默端着咖啡回来，糖糖突然说了一句，其实吧，要说谈恋爱，是没有什么招数的，你人好，有感觉，怎么来都可以。

金默琢磨着这句话，所以找你的都是人不好的？

糖糖说，倒也不是，就是没有感觉的比较多，让没有感觉有了感觉，这就是我存在的意义。

金默笑，是啊，我知道啊，有哪里不对吗？

糖糖说，我只是刚才在车上的时候突然想到了一个问题——这种感觉是真的感觉吗，还是一种错觉？

金默说，那你要不想明白，咱们还能开工吗？

糖糖说，人生很多事情不就是你想不明白，但是你还得去做。

金默却开始矫情了，说实话，为了那四十个亿，让我去做什么都可以，但是去骗一个姑娘，对不起，我做不到。你说得很对，我不想利用她的错觉。

糖糖似乎很惊讶金默能说出这番话来。

金默又说，我爸和我妈不一样，他们是有感情的，还是拜托你多帮忙。

糖糖说，但是这件事已经不是你一个人的事了啊，朱老师怎么办？

金默显然也是想过这个问题的，朱老师自己搞得定，我相信他。如果连朱老师都搞不定，我不觉得这是真爱，而且，最后不是还有你吗？

人生就是这样奇怪。人不像机器，如果是机器，大多数时候都没有什么意外，一切都按照设定运转。可人呢，总会有许多自己也无法掌控的意外。

如果不是糖糖提示金默，可能金默并不会产生这样伟大人格才会有的想法。

金默以为朱老师一定会对自己失望，毕竟他临阵脱逃，影响了朱老师的财运，也影响了朱老师的爱情运。但朱老师反而很欣赏地拍了拍金默的肩膀，作为你的哥们儿，我觉得你说的话没毛病。我自己的爱情我自己搞定，你不要因此有压力。

金默大为感动，哥。

朱老师叹了一口气，你什么都别说了，我也想通了，与一个人在一起不应该是这么复杂的事，我爱你，你爱我，我们很快乐，就够了，其他绕来绕去的都是多余。一个女人但凡说自己没有准备好啊，这那的，就是不喜欢我而已。其实道理我一直都懂，只是不甘心而已。

金默竖起了大拇指，没想到你境界那么高。

朱老师笑，你都这样决定了，我除了支持还能怎样，躺在地上打滚？这件事情呢，主要啊，你得与你爸沟通好，毕竟是四十个亿啊，别把老爷子顶在那儿，慈善是要做的，但是你不能两个人话赶话地真把四十亿捐出去了，对吧？

金默瘪了瘪嘴，这可难说。

朱老师一本正经道，或者你可以建议一下，捐给我呢，也行。

玩笑过后，朱老师又来了一句，对了，你要是有心情，咱聊聊你妈呗？

怎么，不能从我这里走钱了，打我妈的主意了？

朱老师叹气，我觉得你爸挺好的，想帮他一把。

金默的妈妈是一个特别的女人。

特别的女人是怎么定义的呢？就是与普通的女人不同。

普通女人大概不会因为梦想而离婚，虽然金默的爸爸一直觉得是因为自己忙工作疏忽了她，才让她提出了分手。她从来没有反驳过这种说法，这也是金爸越来越觉得她好的理由之一，虽然是她提出的离婚，但也默认了男人事业太忙、太成功这个说法。诸如这样把一切交给时间来回答的智慧，是现在年轻女孩所没有的。

金妈妈离婚后，真的是越过越精彩，很多女人都放不下孩子，她却并不觉得儿子还需要自己的唠叨。即使她有很大的智慧，但是他那个年纪大概也并不会接受，于是再好的道理也只是唠叨。与其做一个狠心的、绝情的母亲，她还不如藏着一份包容的、关注的心。

金妈妈故意与金默保持了一种非常疏远的关系，两个人彼此没有太多的联络。父母离婚后，金默极少提起自己的母亲，这反而是他对外有钱少爷身份的另一个加分项，有些女孩会觉得没有婆婆是一件很好的事。这让金默从心底觉得厌恶，也让他明白过来，他对母亲的那种漠然的里子里，原来也有很多温柔在。

把遗产留给金默这件事，她是抱着反对态度的，所以她提出了让儿子先结婚再立业，后来金默的父亲将这个条件降低为先恋爱后领取礼包，这几乎就是直接赠送了。但是她也默许了，她了解自己的儿子，就像她了解自己的男人。她对金默的父亲说，与其把这笔钱给他花，不如让他有意义地花。金默的父亲点头，还是你高啊！

两个人密谋好了一切，反正金默所有的反应都有相应的对策守候着，所以她还是静观其变，带着孩子般的心态看着一切发生好了。

至于金默的爸爸追自己这件事，她并没有急于表态，慌什么呢？她已经过了耳听爱情的年纪了。她说，先把儿子的事情处理好吧，年轻的时候太草率，老了还是要买单；老了再草率，就没有机会买单了，所以更要谨慎。

金爸忙点头，那一会儿金默来，你们要见一面吗？

不了吧，我的儿子，我不想在你的局上见。

金妈妈优雅地起身离开了。

金默很平静地把自己的决定告诉了金爸，金爸倒是也很平静，那好啊，不过我还是要拜托你一件事，就是咱们这个公益的事，我还是想交给你去做，毕竟这是积德的事。

厉害了，父亲大人玩真的，你不按照我的规则来，好，四十亿我捐，而且还让你亲手去做这件事。

金默点了点头，嗯，好，我会把每一分都用好的。这时候他肯定不能尿。

金爸说，那接下来，你打算去干点什么呢？

金默装了一下，天地间，总有我立足的地方，您就看着吧。

金爸说，你呢，还是很像我的，特别是不要这笔钱。我觉得这样更好，因为如果你有能力，自己也能赚；而你没有能力，给你那么大一笔钱，是害了你。

金默没有表态，只是问，你追我妈追得怎么样了？

金爸摇了摇头，难啊，这个女人比当初更难搞了。

金默突然想起了什么，他说，爸，咱们就当哥们儿说一句，我觉得你最大的问题啊，就是什么东西都要置换到另一个条件里去，其实你应该换个思路，你喜欢我妈，你就去表达你的喜欢，你就去释放你的喜欢，不用七绕八绕的。我想，你是想与我妈找回那种感觉，而不仅仅是让我妈回到你身边吧？

金默说这些没大没小的话时，金爸爸弹了一下他的脑壳，没大没小！

这个举动是极少有的，出门的时候，金默突然觉得眼角有一滴泪，也不知道是不是因为那一下弹得很疼。

　　没有了四十亿，也没有了项目，金默却又获得了一份工作，那就是把四十个亿的慈善事业做起来。在金妈妈的指示下，金爸传达给金默的叮嘱是，捐钱并没有多大的意义，有意义的是把这笔钱用好。真正身体力行地把善意传递给别人，用善行打动更多人，用善德提升自己。

　　而对现在的金默而言，给他这么多钱，却又都与他无关，这实在是一种折磨。

　　知子莫如母，金妈妈知道，金默绝不会动用这笔钱的一分一毫在自己身上，而正因为这笔钱全花在了别人身上，那财富才真的积攒在了自己身上。金默父母的良苦用心一开始并不被金默知晓，他虽有些不甘，也有些赌气，但这些都促成了他绝不低头也不逃避的态度——没有一种成长不承受折磨。

　　这段时间其实让他挺懊恼的，没有一件事情是顺心的。接近了编剧这个行业，他反而看清了自己的位置。之前金默总开玩笑说自己是一线编剧，尚有一线生机，而现在，这一线生机也被自己给掐断了，这样的创作环境，他适应不了，而且也让他觉得恶心。他是后来与朱老师交流的时候才真正想通了，其实这件事情并不怪闻香，怪的应该是这个行业的某部分形态吧！往大了说，就是这个世界存在的某种样子，你在没有足够力量对抗的时候，还是不要瞧见的为好，瞧见了你会觉得原来这个世界那么不美好。其实不是的，这个世界有好的部分，也有不好的部分，年轻的我们总是要么觉得这个世界很好，要么觉得这个世界很糟糕。其实世界还是这个世界，但是我们那时候并没有强大到可以看见这个世界所有不同的样子，并能够接受这个世界不同的样子。

对朱老师，金默也很内疚。自己之前也谈过不少女朋友，并不认为一辈子只能谈一次恋爱，按理说，这个忙应该是要帮的。但是他又自信且矫情地觉得，自己不应该用带有杂质的感情去影响陈阑遇。但是这样保持了自我的高尚，却又伤害了朱老师。他大概就是这种善恶都无法两全、善恶都会让他心力交瘁的人。纯粹的好人与纯粹的坏人都好，反而这样不上不下，让金默更真实，却也更痛苦。

朱老师却又主动来联系金默了，说要请金默喝酒。

金默说，愧不敢当。

朱老师说，咱们这件事不都说过了吗？

金默叹气，但是我心里过不去。

朱老师说，不用过去啊，你来喝个喜酒，我与你师娘在一起了。

这就是中华语言的精妙之处，也是朱老师应用的精妙之处。如果朱老师说，我与某某在一起了，然后见面的时候介绍说，这是你师娘，那金默可能会摸不准对方是谁。现在朱老师这样说，显然是之前两人默认的师娘已成了实际的师娘。虽然有点不可思议，但是大概，陆尧已经被朱老师拿下了。

大概半小时后，金默在朱老师的带领下，在陆尧的豪宅里一起喝咖啡。陆尧成名早，又赶上了好时代，写了几部剧，也赚了几百万，后来与前夫离婚时分到了几千万，就买了这样一套房子。

女人有了房子、孩子，心思就定下来了。但是陆尧有苦说不出，虽然她是红了很久，但也很久没有写出东西了。是生活的安逸，还是爱情的缺失，还是斗志的消亡，总之，就是很久没有写出东西了。投资商对她当然耐心满满，在她身上，不存在拖稿一说，反而是慢工出细活，反而是厚积薄发。这就是躺在成功作品上收获的红利。

金默之前一直心心念念想要见到江湖上赫赫有名的陆老师，因为遥不可及，却从来没有在脑海里实实在在想过见面后的场景。要说什么话，要不要握手，脸上应该是什么表情，这些统统都没有想过。

到现在，真的坐了下来，他坐着单人沙发，朱老师与陆尧这时候已经颇有两口子的味道坐在一起了，反而只有金默是客了。

风云激变！什么是风云激变？这就是。之前总觉得陆尧给下了一个扣，怎么也解不开，反而把金默推上了一个至关重要的位置，而在这个位置上的金默反而又矫情了一把——不干了。生活就是爱开这样的玩笑，你不干了，这个死结反而自己打开了。

陆尧给金默冲了一杯咖啡，她在家里，只穿着白色的居家服，却也是明晃晃的好看。这种好看主要体现在朱老师的脸上，之前，金默以为朱老师的如痴如醉只是单纯地贪恋陆尧长得好看；后来，金默才读懂，男人是可以单纯地因为女人的外貌而变得花痴，但男人也可以因为深刻地爱着这个女人而花痴。在深刻的爱里面，女人的美貌是一部分，那么重要，又不那么重要。重要是因为，她属于这个女人，美貌与坏脾气一样，因为属于她才变得亮晶晶；不重要是因为，美貌附属于她才显得有意义，而非她因为美貌才取得他的注意。

陆尧自己喝了一口咖啡，唉，晚上失眠，睡不着，反正都是睡不着，困着还不如清醒着。金默注意到朱老师也陪着喝，他是属于那种喝了咖啡就一晚上睡不着的人，而他人如其姓，是很爱睡的，金默也只能舍身陪美女了。

陆尧又说，金默啊，朱朱都与我说了，说实话，我觉得很好。虽然你没选择，但是朱老师毕竟为我去做这件事情了，这对我来说其实更重要，能不能做成一件事远不如他愿不愿意为你去做。

陆尧说这话的时候，朱老师的眼睛是放光的，显然，他也没有想到自己指派金默去完成的一件半途而废的事情竟然起到了这么大的作用。朱老师说，其实也不是我逼着他去的，是他人好，愿意去尝试。

陆尧更是点头，这就是关键，你朋友愿意为你赴汤蹈火，说明你这个人平时就很仗义啊，我喜欢仗义的男人。

那天晚上他们聊了很多，金默也聊到了自己的戏，陆尧稍微了解了一下情况，断言说，这家公司可以不用合作，你呢，也不适合做编剧，所以早点结束是好事。

金默不服气，我为什么就不适合了？

陆尧说，朱老师都比你更适合。

金默还是不服气，朱老师把战火引到了自己身上，金默，做编剧吧，首先你得内心很强大，你呢，还是有一股傲气在。人为什么要傲，就像小狗为什么要叫，就是内心不强大的表现。以前我是真的不懂你哪儿来的这邪气，那天你爸透了底，我才明白过来，所以你适合被人供着，不适合做编剧这个事。

朱老师这样说了，金默只能把话憋回去。他知道自己过来是祝

贺他们在一起的，而不是考证自己适合不适合当编剧的，而且适合
不适合也不是别人说的，再说，自己确实也不适合。

这时候门铃响了，金默吓了一跳，这大半夜的。

陆尧很自然地说，哦，小遇来了。看金默还没有反应，她补充
了一句，是陈阑遇来了。

第五章

完美是终止符，靠近完美才是故事发生的意义。

要相逢的人总会相逢。

比如金默与陈闿遇，之前是蓄意，今天却是无意。金默倒也不必去追求她了，他推测陈在这件事情中是毫不知情的，所以虽然这是她与他的第一次见面，而金默心里已经过尽了千帆。对于一个陌生人来说，有着这样百转千回的情绪做底，也算不是乍然相见，所以十分钟后，金默觉得自己喜欢上她这件事情并不算一见钟情。因为一直算计着要追到她，以前在电视里也看过她一些作品，所以在见面之前，金默的心里多多少少有些框架，是他想象中的她，大概也是他希望中的她。

而她真正出现在他面前的时候，她竟然与想象中的一样，倒不是有多好——虽然亭亭玉立、委婉妙人，而是这种与心中所想、笔下所写一般的缘分，更让金默心动。因为对于一个写作的人来说，生活里遇到这样的人，总会不要脸地觉得这是自己的作品，而又有哪一个创作者会觉得自己的作品不好呢？

陈阑遇果然是第一次见金默，她俏皮地说，姐，你说让我见见你男朋友，这两个都是吗？

就是这句话很打动金默，之前在朱老师的转述里，她是一个不再相信爱情的人，但不知道为什么金默却隐隐觉得她是一个有趣的人，不相信爱情不等于死气沉沉，果然，她幽默、善良、坦荡、没有架子——这个大概是因为现在已经不红了吧。

在之后的聊天里，陈阑遇数次主动地提起这一点，这让金默也不由自主地开起了她的玩笑。陈有些惊异，却不是因为生气，而是没有想到。这时候她喝了一杯水，像是喝了一杯酒，她说，金默，你知道吗？那时候我真的生气，我嫉妒她，她要是去演戏，可能比我还会演，可偏偏她又会写东西。

不过你们后来成了朋友，也挺好的。朱老师习惯性地圆场。

陈阑遇却没接招，那是因为我知道她离婚了。

金默与朱老师互相看了一眼，首先，他们确定这两人是好朋友，就像他们俩是好朋友这般好；其次，他们两个人之间的友情呢，总会在类似这样的场合里互相吹捧一番，但没想到阑遇会这样挑刺儿。

陆尧接的话却更让人大跌眼镜，后来我发现自己写不出来了，我们就是生死之交了！

金默咋舌，陆尧看了一眼金默，嗯，人会老，感情会没，创作的才华也会消失，珍惜当下吧。

四人温情又悲伤地碰了一次杯。

那天晚上，流氓朱就留在了陆尧家里，朱说两人都喝了很多咖啡，睡不着的，所以要一起讨论一下艺术。在朱老师的暗示下，金默故意把自己的钱包留了下来，因为他的钱包里总是放着一个金色的安全套，他是用来旺财的，朱老师可能挪作他用了。

陈阑遇说，你送我回家吧，不远，虽然我是一个过气的女明星，但还是很危险的。

陆尧早就看穿了金默眼里的跃跃欲送，说道，可是让金老师送回去会更危险吧。

陈阑遇漂亮地回击，最危险的地方最安全，那我们就跪安了。

北京的晚上还是很美的。

金默并不确定这是不是因为陈阑遇走在自己身边。

但是无所谓，人在快乐的时候很少去想为什么会快乐，只会去享受快乐本身。人在不快乐的时候却总是去想为什么不快乐，也就无法安静地享受不快乐这件事本身。人只有到了不会快乐也不会不快乐的时候，才会去怀念这两种情绪都有的时候——那便是青春吧。

陈阑遇突然说了一句，你忙的话，我自己叫个车回去。

金默还算绅士，不会啊，近的话走一下就好。

阑遇笑了，走走是能走到，但是大概需要两个小时吧。

金默这才明白了，自己被绕进去了。但是显然，这样的距离，阑遇有兴致邀请他一起走走，那自己在她眼里就算得上是一个有趣的人，而他，觉得这个行为也挺有趣的。

两个人并肩走在一起，大多数时候都是阑遇在说，金默在听。阑遇说她自己现在是一个颇为自闭的人，不太容易交往到新朋友，因为认识一个新朋友，要去了解他，与他磨合，这是一件很累的事情。而陆尧这个人呢，有一点好，不管是交朋友还是交男朋友，都要费尽心思去观察人家，所以陆尧的朋友，她就默认是自己的朋友，这算是贪了一个便利。

反正她以前伤害我那么深，不是？

金默也颇为认同地点了点头。

阑遇说，其实我觉得演员与编剧还真的蛮不同的。

金默也奉承地点点头，是啊，一个是长得好看，一个是长得，嗯。

阑遇说，这倒不是，很多演员都是镜头里长得好看，真人就算了，再说，你也挺好看的啊，但我一眼就能看出来你不是演员。

金默说，厉害，那你能一眼看出来我是编剧吗？

阑遇说，也没有，我看你就不太像是圈子里的人啊。

金默沉默了一小会儿，这倒是，因为我也没有什么作品，哈哈哈。

阑遇说，我还真羡慕你，因为我有那么一些作品，反而更心酸。

金默说，你经常一个人这样走？

阑遇说，倒不是，就今天想走走。

从这句话里傻瓜都能听出来阑遇对他的好感，金默并不质疑这种真挚热忱的好感。他以前不曾经历，倒是也有大方接受一见钟情的时候，何况对方也喜欢自己。他有单纯的一面，单纯用在绝情的时候便是不喜欢就不喜欢，让闻香的一往情深似在作孽；喜欢的时候便喜欢，不会想太多她为何也对自己颇有好感——特别是当一个人突然有了四十个亿之后。

金默告诉阑遇，自己上大学的时候，就经常这样瞎转悠。

阑遇随口接了一句，漫无目的是最好的。

金默细细品了这句话，回答道，有路可依也很好啊。

阑遇说，这下你还挺编剧的。

金默以前也约过那种很好看的姑娘，走在人家旁边，觉得手与脚都不知道该怎么支配了。但是很奇怪，走在阑遇身边，他却都是自自然然的。

两个人路过一个烧烤摊，惯性往前走了十多米后，两人突然都停步了，几乎同时说了一句，要吃烧烤不？

后来金默与阑遇回忆起他们的初相识，总觉得这件事更是一锤定音了他内心的一见钟情。当然，如果不是在烧烤摊上碰到了糖糖的话，那个晚上应该会更美好。

金默停在烧烤摊前，反而有些迟疑了。

怎么了？阑遇问。

我是觉得，第一次请你吃饭，就吃这个，会不会不太好。

阑遇点了点头，是不太好。

金默呆了，那怎么办？

阑遇说，那一会儿我买单好了，这算是我第一次请你吃饭，会不会就还好？

金默紧皱的眉头舒展了，这样好！这样好！

两个人在木桌旁边坐下了，阑遇说，我发现你这个人还有点大男子主义啊。

金默说，也不是，我就是老听我妈念叨，说我爸请她吃的第一顿饭，就是一个蛋炒饭。她念叨了很多年了。

后来呢？

金默说，后来我发现，我爸给我妈开了一家饭店，有机会我带你去吃。

阑遇说，那很浪漫啊，好羡慕啊！

金默苦笑，后来离婚了。

阑遇并没有像一般女生那样这时候会说"不好意思""我不是故意的"，等等，她反而说，是吧，那大概是那家饭店做的东西难吃。

金默说，喝酒吗？

阑遇说，当然，吃烧烤不喝酒太没劲了，我可喝不了咖啡。

金默想起朱老师其实也喝不了咖啡，这时候却爱谈艺术，就觉得自己其实很幸福。他在路灯下看阑遇，越看越觉得奇怪，这样一个女演员，怎么就突然不火了呢？朱老师是有提过的，她爱自由，随性，不喜欢逢场作戏。一个演员，除了演戏之外不爱演戏，可能就会是这样的结果吧。

金默心里恨自己，如果自己很厉害，就可以给她写一个戏，她来演，那多好。

男人就是这样的，明明此时此刻，坐在对面的女生撸着烤串，喝着啤酒，很快乐的样子，他却自顾自忧心忡忡地考虑着她的未来，并且在自己的忧心忡忡里又万分英雄地解决了她的苦难。

金默津津有味地看着她吃得津津有味。金默说，我以为演员都是过五不食的呢。

阑遇嘴里塞得满满的，你说的"午"是"五"吧？咱们真正的"过午不食"是"午后"的"午"。

金默叹气，真可怜。

两人聊得正温馨，有只手一巴掌拍了下来，好啊！在我这里拿了方案，自己去勾搭了，有你们这样做事的吗？

金默抬头看去，吓得差点摔倒，真是冤家路窄，来者是糖糖！

糖糖这样说，阑遇可能听不懂，金默却明白是怎么回事。当时金默说放弃了四十亿，现在又与陈阑遇这样情投意合地坐在一起吃烧烤，糖糖能这样想，也不怪她。只是对金默来说，之前要帮着朱老师去追阑遇，是情非得已，而现在与阑遇是两情相悦，可这又上哪儿去说得清呢？甚至会让阑遇怀疑，现在的他，不过是给陆尧与朱老师做嫁衣吧。

旁边的食客这时候自动变成了看客，两女争一男的戏码，更下酒。金默顿时涨红了脸，糖糖的不管不顾与阑遇的云淡风轻都让他觉得难熬。他只能硬着头皮对糖糖说，项目合作不成是多方面的原因，我不知道具体的合同是怎么签的，我觉得可能有些误会，比如报酬支付什么的，我们一定不会拖欠的。

金默希望用"项目"这两个字把运作一份感情这件事给圆融过去，他也希望糖糖不要因为少拿钱不开心。虽然他现在没有了那四十个亿，但是如果只是支付给糖糖一笔，他相信朱老师还是会拔刀相助的。

那个晚上，在北京不太冷的晚风里，在路灯温黄的照射下，在阑遇略微好奇又带着期许的眼神里，金默人生第一次有一种恶从胆边生的烦躁。

糖糖说，你知道我为什么讨厌你们这种有钱人吗？就是因为你们以为什么东西都能用钱摆平。

金默努力压制自己的怒火，我不是这个意思。

糖糖又看了一眼陈阑遇，最后说了一句，金默，这件事没完。

糖糖想了想，又掏出一张名片递给了阑遇，我是女人，我知道你现在是听不进去劝的。但是如果有一天你突然醒悟过来想与我交流的话，就联系我。

阑遇看了看金默，又看了看桌子上的名片，大方地拿了起来。

糖糖扬长而去，留下金默与陈阑遇坐在那儿，烧烤也已经冷了，金默的心情也算冷掉了。

金默以前读书，总会读到一句话——恨不得找个洞钻进去。不过，陈阑遇却带着一种看戏的有趣表情，追债呢这是？

金默也不好全盘否定，只能含糊地说，也不算是吧。

阑遇说，那是情债，还是钱债呢？

金默跳了，怎么可能是情债！

阑遇自然知道金默急于澄清是为了自己，她看到金默少许认真却万分着急的样子，觉得很好玩。阑遇说，不过她至少让我知道了你很有钱啊。

金默连忙摆手，不是的不是的。

阑遇说，男人有钱是一件好事情，没必要觉得不好意思。

金默说，我还真没钱。

阑遇说，倒是有很多有钱人追我，但是没有一个能够把这个优点运用好的。

金默一时间不知道怎么才能解释清楚，他说，有机会我与你说吧，这是一个很长的故事。

阑遇说，好啊！

阑遇又说，她的名片我放着你不介意吧？

金默说，我坦坦荡荡，你随时可以联系她！

那天晚上，两个人到底没有把剩下的路走完。其实第一次约会不完美，也并不算坏事，像是写偶像剧，完美是终止符，靠近完美才是故事发生的意义。

金默回到酒店，已是后半夜了，但是金默没有困意，他又一次站在窗前看着仍然车流不息的北京。失去四十个亿的懊恼还在，却因为心里放着一个生动的阑遇，于是觉得那四十个亿不过是一个微不足道的数字。当然，如果真在四十亿现金与阑遇之间做选择，金默可能会犹豫纠结，但是目前已经失去了四十个亿且有可能得到阑遇，于是他便用豁达的心态去面对失去了。

金默去洗了个澡，心情也还是没有冷静下来。他的心情回到了当初给叶洁写情诗的那个年纪，经历了那么多，心里还能涌现出这种情愫其实更为难得。难得他还能够难为情，不是吗？他看到酒店桌子上放着一张纸、一支笔，他坐了下来，一首诗淌出笔尖。

收着心里许多温柔

有时会只言片语漏成了别人点赞的句子

但是好像写不来无主的情书

没被深爱的人读到的辞藻再美也无味

藏着十八岁说走就走的勇气

也不过是用在任性，与世界死皮赖脸地较劲

原来也有那种虎虎生威的莽撞

若是为了最美的遇见就变成了款款深情

躲不过本以为松松散散敷衍着瞎闹过了

爱过，还是从来没有爱过并不计较

本来是一场蹩脚无聊的蓄意谋划

却也是一场有趣浪漫的命中注定

是美，是痛，是惶恐

是恨不能匆忙结局再回味一场相逢

是恨不能立刻死去尚在你掌心起舞

　　金默总觉得这首诗还需要一个漂亮的结局，他写了好几句，又实在觉得都不好。他靠在床上，一时间兴味索然，却又不舍睡去，好像时间啊，用来睡觉而不是用来想念她，就是一种浪费。

　　金默也算参加过几个项目，常常会被人问到一个问题——男主为什么会喜欢女主？金默常常回答不上来，而今天，金默更无法回答这个问题，为什么喜欢阑遇？世界上最没有答案的就是这个问题了吧！

到了凌晨五点的时候，金默实在没有困意，于是在朋友圈发了一个表情，结果几乎就在一秒间，阑遇给他点了一个赞。

金默马上给阑遇发了私信，你还没睡啊？

阑遇说，是啊，睡不着，可能闻了咖啡香吧。

金默说，这咖啡有毒。

你呢，怎么也还不睡？

我写了一个东西，却不知道怎么收尾。

阑遇说，哦，原来是没有灵感找我聊天来了。

金默连忙解释，不是，我写的东西其实也与你有关。

阑遇说，那还能没有灵感？

金默这时候突然如有神助地说了一句，是啊，因为你不在，于是觉得一个字也写不出来了。

阑遇说，那真对不起你。

金默说，你还有力气吗？要不然我现在约你。

阑遇说，去哪儿呢？

金默说，要不我们去看升旗？

阑遇说，那我们一会儿天安门广场见。

大概一个小时后，金默与阑遇在等待看升旗的方块阵容中排着队。

他们也没有约定很精确的地址，却也在一片灰蒙蒙中，在人山人海中看到了对方。阑遇能一眼看到金默，很神奇，而金默一眼就看到阑遇，倒是还好。因为阑遇特意穿了件红色晚礼服，或者说是一件礼服，总之一开始，金默还以为阑遇裹着红旗来了，很郑重其事！相比之下，金默反而有点随意了。

金默的表情表达出了自己的疑问，阑遇解释说，上次我来看升旗的时候许了个愿，所以这次来还愿。

升旗也可以许愿吗？

阑遇说，反正我是实现了。

很多人都转过来看阑遇，被她的衣服吸引了，阑遇对所有意味的注视都回以了礼貌的微笑，反而是走在她身边的金默显得有点不好意思。他像是被顺带提升了流量，虽然这种让人焦灼的关注并不是他所愿意的，可是许多目光投射过来，让两个人越来越有一种整体感，这种整体感又让金默觉得幸福。

北京有一点挺神奇的，无论春夏秋冬，早晚总会让人觉得有些冷，金默便自然而然地脱掉了外套，给阑遇披上了。阑遇也并没有扭捏，这种能被接受的小小的给予，是对金默最好的鼓励。

他们排好队，等了一会儿，被队伍带领着往前走去，这时候天已经蒙蒙亮了，很奇怪，一晚上没睡，竟然也一点都不困。阑遇说，金默，你要不要许个愿，很灵的。

金默反问，你当时许了一个什么愿呢？

阑遇说，当时我希望自己能红。结果我呢，红了，也过气了。

金默有点尴尬，不好意思，我不该提起这个话题的。

阑遇说，没有啊，一开始的时候确实会很难过，但是后来发现这其实也是一件好事。

谈话戛然而止，因为嘹亮的国歌声已经响起。不由自主地，金默与阑遇也挺直了身子。这代人很幸福，都生在和平的年代，可是听到国歌声，那种壮阔激昂的情绪还是会破空而来。此时，金默与阑遇心里纵有小小的儿女情长，也都被放在了心里的一角。

后来阑遇告诉金默，有两首歌她听的时候都会哭，一首是国歌，一首是《掌声响起来》。她很小很小的时候，就有一个演员梦，那时候她胖，也内向，总之，好像与演员这个身份毫无关系。她那时候的精神支柱就是《掌声响起来》这首歌，她告诉金默，这首歌里所有的画面，她都幻想过，后来也都实现过。

金默忍不住插了一句，那以后你结婚的时候就放这两首歌好了！

他到底还是有点害羞的，如果朱老师泡妞，可能会说，那以后结婚的时候就放这两首歌好了。有没有"你"这个字，寓意大为不同。

五星红旗随风飘扬的时候，在庄严肃穆的国歌声中，金默突然想到了那首诗的最后两句，儿女情长放在家国山河里更有激荡情怀！

是突然这一刻就想看见你的千娇百媚
是突然这一生就想领略你的风情万种

金默把完整的那首诗发给了阑遇。这时候他们已经坐在北京某个小区门口吃热腾腾的早餐了。阑遇像是落跑的新娘，她去看升旗，倒是不管不顾；现在吃路边摊，反而自己不好意思了。

金默说，我还以为你什么都不怕呢！

阑遇说，我只是为了很多年后想起今天，你的回忆还有一抹色彩，那时候你会忘记我长什么样子，但是你会记得这件红色衣服的！

阑遇豆浆油条就着金默的诗，突然闪下泪光。

金默尴尬了，你这是？

阑遇说，别人送过我包包，送过我项链，也有人给我写过情书，但是这首诗，写的真的挺好的。

金默说，我没想到你还会为收到一首诗而感动呢。

阑遇摇头，我与陆尧所不同的是，她会因为朱老师去做了那样的事而感动，而我是因为这首诗真的很好而感动。

金默说，你这样赞扬我，我有点吃不消。

阑遇笑，你想多了，我没赞扬你啊，我其实是在赞扬我自己，你看啊，没有我，你能写出这样的诗来吗？

金默没想到阑遇会这样说，她真的是太可爱了，闻香就从来不会这样说自己，如果金默写了一首诗给闻香，闻香会感动，然后会很用力地表达对金默的感激之情。

吃完早餐，金默下意识地要买单，却发现钱包没有带。阑遇耸了耸肩，表示自己也没有带现金。金默想问能不能手机支付，阑遇却眨了眨眼睛，要不，我们逃一个？

金默一下子还没有反应过来，阑遇已经起身蹿出去好几步了，金默红着脸也跟在阑遇身后跑了起来。他们一动身，老板就发现了，拿着勺子在后面追。

阑遇拎着裙子行动不便，索性把高跟鞋脱下来塞给金默。

金默与阑遇一口气跑了好几个街口，老板的呼叫声渐渐没了，两人才停下来喘气。

阑遇脸红彤彤的，问金默，刺激吗？

金默抚着胸口，刺激，像是逃婚！

阑遇一惊，哈哈大笑，你说得没错！

金默把鞋递了过去，阑遇扶着金默的肩膀穿上了。

金默在一边说，只是逃单我觉得稍微有点……

有点什么？

不好吧，毕竟人家做点生意也不容易。

知道不容易你还跟着我跑？

你开心就好了。

阑遇终于说，好了，我在桌上留了五十块钱，傻瓜。

金默下意识地接了一句，五十？那有点多吧。

阑遇大笑，金默，你这个呆瓜。

那天回去之后，金默足足睡到晚上；再次醒来的时候，足足有九十多个未接来电。朱老师打了九十个，金爸爸打了三个，还有一个是糖糖打过来的。

没有阑遇的电话，这让金默有些失落，不过金默又想起来，他们根本没有互相留电话。金默马上打开微信，微信上也没有阑遇的留言。金默看到朋友圈有一个消息，点进去是闻香点了个赞，金默几乎都有删了闻香的冲动，再一看，点的竟然是几年前的一个朋友圈，金默要爆炸了。

他又去阑遇的朋友圈看，阑遇什么都没有发。

金默瞬间觉得百般无聊，这时候朱老师的电话又来了，金默接了。

朱老师说，你在哪儿呢？我要死了。

金默说，我也要死了。

朱老师说，那就出来一起死吧。

第六章

○　大概，两个人开始真诚接受对方的标志，
　　就是开始讨论前任。

　　金默洗了一个澡出来，一看手机，晚上九点了，但阑遇还是没有发信息过来，金默觉得自己顿时不饿了，不过对于赴约，他还是想去的，毕竟这时候他也需要倾诉，需要安慰，需要解答。

　　金默赶到酒吧的时候，朱老师果然面如死灰，双眼通红地坐在那儿，看样子，他已经喝了好几大杯咖啡了。

　　金默说，你这是真爱上喝咖啡了？

　　朱老师笑，我已经快 36 个小时没睡了。

　　金默说，你为何不睡？都这样了你还喝咖啡？

　　朱老师说，我不喝不行，我困，但是我又睡不着。默啊，我可能要死了。

　　金默说，你这样不睡觉是会死的。

朱老师说，死了倒也好了，就不会这么烦恼了。

金默又看了一眼手机，没有动静，他只能没有真切关怀地问了朱老师一句，发生什么了？

朱老师说，我心生不快。

金默说，追到手了，就厌倦了？

朱老师点点头，金默，我是不是一个不会谈恋爱的人啊。

金默叹气，得了吧，不会谈恋爱的，是我。

是我。

是我！

看着朱老师布满血丝的眼睛，金默想起了他是会武功的，那就是你吧。

于是在接下来的两个小时里，金默就追随着朱老师的讲述回到了昨天晚上。

金默与阑遇出门后，朱老师与陆尧在房间里又坐了一会儿。

陆尧说，你这个小兄弟还挺有趣的。

之后陆尧又几次提起了金默。

朱老师当时不知道为什么就吃醋了，按理说不应该，但确实又吃醋了，这很微妙，也很奇怪。陆尧呢，可能真的是无意之间说了这么一句，可能是撒娇，可能是无心。朱老师若说一句"不会啊"，这件事也就过去了。以朱老师的智商、情商，这句话按理说是能应付过去的。

而且，朱老师以前谈恋爱时，直男感很强的，他是那种网络上被抱怨"有一个蠢的男朋友"的代表。他与好哥们儿交流时是一个有趣、豁达、聪明的人，于是他在谈恋爱的过程中也延续了这种自由感，姑娘们反而都被他构筑的自由不定的爱打动了。

可是这一次，朱老师变得没有那么轻盈了。他知道这件事与金默无关，甚至与陆尧都无关，只与自己有关。

那天晚上，他还是与陆尧说了很多话，但是他像娘们儿一样，聊的话题都是情啊爱的，反而陆尧聊的都是电影、咖啡。

为什么会这样呢？朱老师问金默。

金默说，大概因为你很喜欢她吧。

朱老师说，原来喜欢一个人是这样的感觉。

金默说，是啊，可以召之即来，挥之即去的，那不叫喜欢吧，不过你真的吃我的醋啊！

朱老师说，所以我生自己的气啊。

金默说，是啊，关键人家是因为觉得我仗义，反推你靠谱的，现在说一句我不错，反而不正常了？我觉得这是病啊，朱老师！

朱老师这才想起来，对了，你与那个邂逅后来干吗去了？

金默说，散散步，就回家了啊。

朱老师说，挺好，我们都找到了各自的幸福。

金默苦笑，我怎么觉得你那么不幸福呢？

朱老师满是玄机地说了一句，就是因为太幸福了啊。

金默本觉得聊天越来越无趣，朱老师突然拿起喝空的咖啡杯，直直弹了出去。

杯子破空而过，擦到了一点点金默的耳朵，金默觉得火辣辣地疼，他有点不可思议地看着朱老师。但是朱老师的目光绕过了他，显然，攻击的对象在他身后。

大概 0.1 秒之后，传来咣当一声，然后是一个笨重的身躯摔倒的声音，金默这时候也已经回过了头。

一个大概两百斤的胖子这时候摔倒在地，脑门上肿起了一块大包，此时他正在含混不清地呻吟。而杯子倒是完好无损的，可见杯子本就裹着劲道，又打在了胖子的脑门上，保护了杯子本身。也可见，朱老师的功夫深不可测！

朱老师走了过来，从胖子口袋里掏出手机，递给了金默，小心点。

金默拿了过来，一看是自己的手机，再一看，有一条未读信息，点开，是阑遇发过来的。

阑遇问，在干吗呢？

金默看着手机，又看了一眼躺在地上的胖子，向朱老师抱拳，哥，你简直是救了我一命啊！

朱老师笑，就一手机，至于吗？

朱老师又看了看小偷，要报警吗？

金默心情大好，算了吧，东西也拿回来了，他也受到了惩罚。

那胖子站了起来，恨恨地看了朱老师一眼，抱了个拳，走了。

朱老师微微点了点头。

金默奇怪了，这是几个意思？

朱老师说，两只狗打架，打输的那只就会躺着露出肚皮，表示诚服。咱们道上的人，也是这个理。

道上的人?

朱老师说,你别看这个是胖子,身手还不错。

果然,说话间,胖子已经在人群中闪开了。

看金默的表情,朱老师显然也猜到了是阑遇发微信过来了,朱老师说,行了,你去忙你的吧,我再喝杯咖啡就回去睡了。

金默说,胖子一会儿叫同伙回来怎么办?

朱老师说,那我正好练练手。你放心吧,咱们内行人一交手就知有没有,而且也没有这个必要。

金默敷衍又真诚地说,那行,有事你给我打电话啊。

朱老师咧嘴笑,是啊,打九十个电话后就可以召唤你了。不过,金默啊,我是真的想对你说,有时候你可以很爱一个人,但是爱的方式也很重要的,爱得太炙热,也会伤害这份爱的。

金默说,你看,朱老师,你还说自己不会谈恋爱呢,说起来一套一套的。

朱老师说,每一个不会谈恋爱的人,都是恋爱大师啊。

不知道为什么,那天朱老师说这句话的时候,金默突然就想起了糖糖,她不是标榜自己是一个恋爱大师吗,那她也很不会谈恋爱吗?不过她那么讨厌,又有谁会与她谈恋爱呢?

金默走出咖啡馆的时候,又透过窗子看了看朱老师的剪影。他们认识那么多天以来,嬉笑怒骂了好一段时光,金默还从来没有看过忧伤的朱老师。

金默与阑遇又一次约在了晚上,这其实是二十四小时内的第三次约会了。

阑遇这次是穿着运动衫出来的，踩着三叶草的球鞋，浑身上下洋溢着青春的气息，金默这才注意到阑遇的身材也很好。他也是注重美色的人，这不是说阑遇不好看，而是说，他在爱上阑遇之前，根本没有注意到阑遇的美貌。虽然说当初阑遇有被陆尧夺走风头的那一段插曲，可在金默看来，客观地评判，阑遇还是比陆尧好看的。

阑遇见到金默说，想好干什么去了吗？

金默说，我做了三个方案。

阑遇打断他，我只要听结果。

金默说，那我们去唱歌吧。

两个人唱歌？阑遇有些意外。

是啊，你怕了？我告诉你，我可是灵魂歌姬。

阑遇笑，那走吧。

金默确实准备了三个方案，看电影、吃消夜、唱歌。

其实，金默唱歌是非常差劲的。

差到什么地步呢？基本上金默就可以算是一个编曲家了。反正就是有时候看了歌词也不知道他在唱什么，但是金默爱唱歌，他觉得歌声比任何一种艺术都更能表达自己的感情，而且也更自然。

朋友们都喜欢与金默唱歌，因为大家去 KTV，更多是为了玩手机，但是每每金默开口唱，大家都会放下手机，因为他的歌声实在是太欢乐了。

金默开了一个可以容纳六个人的中包，金默也是有想法的，他不想故意找一个狭小的封闭空间。

之后有一次说到这个事情，阑遇说，这不是浪费吗？

金默说，我不想找个迷你包，那样你就必须挨着我了。我希望天大地大，但是我们的心很靠近。

矫情！

两人点了一打啤酒，约定：阑遇点歌，金默不会唱的话，就金默喝；金默会唱的话，如果阑遇觉得好听，阑遇喝，阑遇觉得不好听，金默喝。

这简直是要灌醉金默的节奏嘛，但是金默很霸气地拍着胸口说，deal。

阑遇点的第一首歌是《漂洋过海来看你》。

其实对金默来说，不存在会唱不会唱的问题。金默唱到"就连见面时的呼吸，都曾反复练习"的时候，突然被戳中，去见她的时候，他不就是这样小心翼翼的吗？这么多年来，他从来没有这样紧张过。深情之下，金默去看阑遇，阑遇的眼角似乎也有泪花。

金默不是看不得女人哭，闻香哭，他是见过的，但他并没有因此觉得心疼，反而觉得烦躁。而阑遇的泪花，却让他一下子唱不下去了。

金默拿起一瓶酒，自觉地喝了下去。

阑遇擦掉了眼泪，说，不好意思啊，我想起了我的前任。

大概，两个人开始真诚接受对方的标志，就是开始讨论前任，因为这时候前任已经成了与一叠花生、一盘鸡爪一样的下酒菜了。

金默说，如果说出来能够让你好受些的话，你就说出来吧。

嗯，我们不是异国恋，是异地，但这两种感觉是差不多的。如果我们在同一个城市，我们应该会很好地在一起。

两个人各倒了一杯酒，聊起了异地恋的话题。金默想起了自己看过的一本叫《你都不配我毒舌》的小说，他将里面的一句话，分享给了阑遇，"对于任何异地恋来说，也许关怀与温暖鞭长莫及，冷漠与疏离却翻山越岭而来。"

阑遇说，对，所以那段感情后，我在心里告诉自己，我再也不要异地恋了。

金默没有过多去问——既然都在国内，为何当时两个人不到一个城市去呢？每段破碎的感情都有各自错综复杂的问题，将故事的主角带入无法修复的境地，只是金默没有料想到的是，阑遇会主动去回忆这段感情，并且在回忆中流露出悲伤。

金默一半许诺、一半似安慰地说了一句，那以后不要异地恋好了。

那会儿金默怎么能明白，女人因为一个问题害怕感情了，比如对异地恋恐惧，那拒绝的就不只是异地恋了，还有恋爱本身。

阑遇说，我又没有说你唱得不好，你怎么就自己喝上了呢？那这样，你自罚三杯。

这是没有道理的，金默却说，好。

金默酒量很浅，连着喝了这几大杯，差不多有点醉了。

阑遇就坐在他身边，两人没有继续唱歌，只是互相看着对方。金默切换到原唱，有些歌声若有似无，有些光线忽明忽暗，只有就这样坐在那儿的阑遇，清晰动人。

金默说，一个人如果很爱另外一个人，即使那个人去了月球，又如何？

阑遇说，这就是矫情与现实，现实会一寸一寸砍掉你登月的深情，而且现实也会告诉你，月球遥不可及。你们男人总觉得自己有一番深情就可以了，自己把自己感动就可以了。谈恋爱，男人总是先矫情后现实，女人是先现实再矫情，于是受伤的总是女人。

金默说，好吧，这几天我真的像是在做梦，觉得一切都很美好。

阑遇说，嗯，谢谢你！我没想到能认识一个很有趣的人，我觉得我们会成为很好的朋友，或者，比很好的朋友再好一点吧。

朋友？金默不由自主地重复了一遍。

阑遇只是微笑着看着金默，并不回答。

金默看着阑遇，她真的好美啊！

突然有个鼓点打响，一点点像是投石入湖，水面开始荡漾起来，慢慢形成了一个旋涡，旋涡成了风暴，风暴拖着鼓点越来越重，突然迸发开来！他凑了过去，在阑遇下意识躲闪的时候，金默的手抓住了她的后脑勺，快狠准地抓住了，然后，几乎是在电光石火之间，金默吻住了她的唇。

亲嘴是亲嘴，接吻是接吻。与阑遇接吻后，金默觉得，以前与那些姑娘都不过是亲嘴打啵而已，或者只是两条舌头在胡搅蛮缠而已，而现在，他终于体会到了什么叫作接吻。

是那种金色田野里小麦醇香的味道，是璀璨星光下青草清冽的味道。金默一下子明白了以前在诗歌里、在歌声里看到过的字面上的快乐，现在他的每个细胞都在感受着这种快乐。

试探后，他得到了回应，感受到了甜美，于是他长驱直入。她的嘴唇，舌头都是那么柔软，甚至牙齿都像是一排水晶糖果。

金默贪婪、放纵，又尽情地吮吸着她那独特的美，她滚烫的气息喷在他的耳边，先是一团火焰，然后绽放出无数花朵，每个花骨朵都在奋力燃烧。

他是大鹏，腾空飞过几万里，却又落在一片剔透的荷叶上；是千万条溪水、河流，奔腾，落下九天之高的悬崖，坠海。

他能感觉到阑遇的手指紧紧抓住了自己的后颈，痛却又觉得酣畅，像是这一点痛牵连着他们，定住了他们。两人本是坐在沙发上的，但因为金默如虎扑似的进攻，阑遇几乎被放在了茶几上。她碰撞开了那瓶酒，于是一整排的酒一起往下翻滚，玻璃破碎声，与她的呻吟声，成了最美的音符；空气中弥漫着醇厚的酒香，以及她那轻盈的体香，似玫瑰花在整个世界炸裂。

阑遇终于放开了手，整个人酥软成一团，瘫在了茶几上。

那些酒水荡漾开，像是一朵巨大的玫瑰花瓣，托着阑遇在世界中心。

大概过了有二十分钟，或者三十分钟，金默终于停止了亲吻，他俯身看着阑遇，鼻尖上的汗水滴落在她的红唇上。最后，他又轻轻吻了一下她的鼻尖，像是为这次接吻，打上完美音符。

过了很久，阑遇好像才醒了过来。

四目相对！

一种注视，盛放了太多内容。

又过了很久。

阑遇说，我想回家了。

金默说，那我帮你叫车吧。

阑遇说，不用啊，我自己叫了。

两个人接着就默默地，保持着一种心照不宣的冷漠与退潮后的寂静，收拾好衣物，一起走出了KTV。

金默没想到自己今晚会与阑遇接吻，更没想到会那样忘我，而激情地接吻之后，是突然之间绝对的冰冷。好像两人并没有经历逐渐升温的过程就开始炙热，这种炙热像是一张纸，穿透背后是一片冰。

金默回到了酒店，他像死了一般躺在床上。

过了一会儿，阑遇发来了信息，我到家了。

金默说，那你早点休息吧。

晚安。

其实阑遇并没有回家，而是去了陆尧家。

好兄弟谈恋爱了，有心事一喝一点酒，一切尽在不言中，但是好姐妹谈恋爱了，可以说上一天一宿。

阑遇与陆尧两人都开始了一段新的恋爱，阑遇看似好玩有趣、古灵精怪，但她现在越是潇洒豁达，越是让陆尧觉得她心里很乱，而陆尧自己呢，吃醋归吃醋，小闹归小闹，心里却总是波澜不惊。

事实也是，阑遇在每个环节、每件事情里表现出来的那种可爱，都是她努力费心去做的，而不是最轻松地在做自己。而陆尧所展现出来的小作、小矫情，也不是因为真的在乎、较劲，用她自己的话说，是在不由自主地应用套路。

一个是为情所困！

一个是所困何为情！

都算得上是，不会谈恋爱吧。

阑遇先坦言今天发生的事，今天他亲我了。

陆尧惊叹，看来金默比他更男人啊。

阑遇脸色不好。

陆尧问，怎么？接吻发现其实没有感觉对吗？

阑遇摇摇头，我从来没有感受过这种感觉，我不是你们作家编剧，说不上来，我有点惊恐。

陆尧说，那你应该开心啊，毕竟身体是诚实的。

陆尧马上又明白过来了，一个人，特别是像阑遇这样的女人，如果受过很大的伤，想要无视这个伤口，其实很难。如果遇到很多人都没有感觉，那也无所谓，自己舔舐伤口，在悲伤中了却残生倒也还好。可如果遇到一个人，比如这次遇到的金默，心里再有涟漪，就会害怕再入旋涡。

陆尧其实是羡慕阑遇的，毕竟她是动了真心，才望而却步，而自己呢，迎头而上，却发现心纹丝不动。好像已经没有了那种激情，反而想挂靠在一份恋爱上，再找回那种悸动。

谈不上谁更可怜，但是两个人都有资格为难自己一下。

陆尧安慰阑遇，傻瓜，你怎么就让他给亲了呢？

阑遇说，他很好，我乐意的，我就是害怕。

陆尧说，害怕失去对吗？

阑遇说，嗯，我不敢再看他了。

陆尧说，也行，那你们彼此都冷静冷静，接着看看他怎么说。他回去后说了什么？

他说，好好休息。

那你说了什么。

晚安。

挺好的，像是两个高手过招，无招胜有招，也像是两个傻瓜谈恋爱，光有深情却用词匮乏。

那天晚上，金默自然也没有休息好，本来纯粹是因为阑遇，只是老爸又打电话来了，金默这才想起忘记回电。老爸说，你跟我去一趟日本吧。

金默说，我最近有点事啊。

老爸说，陪我去找你妈一趟，如果你在，我觉得我还有点胜算，我想这是最后一击了。

金默心里呵呵一笑，我妈要不要重新与你在一起，她都是我妈，我去不去没什么影响。再说了，你不是请了一个大师吗？让她陪你去呀。

没想到老爸接了一句，是啊，她也去，就是她建议我带着你一块儿去的。

金默说，那爸，我就更不能去了。

怎么说？

您这趟去，要是能搞定我妈，就搞定我妈；要是搞不定我妈，您与那个什么糖糖搞在一起——虽然我是不会承认的，但是如果你自个快乐了，也成。还有，爸，您怎么说也一把年纪了，这才哪儿到哪儿啊，您就最后一击了。

金默说完这段话，电话那边迟迟没有说话，再过了一会儿，他爸把电话给挂了。

电话挂得无声无息，不像以前，摔电话时能听到话柄碰撞的声音。现在，那边空荡荡的，没有声响，金默的心里也不是滋味了。

那一瞬间，金默其实是有点难过的，他本不希望自己与父亲这样说话，可是，不管是出于叛逆，还是出于对父亲搞砸家庭的报复，还是对设置四十亿游戏的小小反击，还是因为与阑遇的那个吻引发的心烦意乱，在当时，金默确实一下子就把这些话给说出口了。男人之间，有时候就是这样吧。父子之间当然有深厚的情感，只是不好说，比如朱自清那父亲的背影，就是沉默却深情的典型代表，而一旦开口，有时候反而因为害臊而出口便伤人。其实金默也关心父亲，也担心父亲，所以他为自己的口是心非着急。

第七章

一份上好的恋爱，不单单是要成全别人，
还要成全自己。

世界上很多事都是这样的，我们总会说，早知道，我就应该如何如何，只是在做决定的时候，却又决绝得很。

后来的事可以放在后面说，对金默来说，眼前还有事需要去面对，不管是想去解决的，还是不想去解决的。

比如闻香，金默差不多都要忘记她的存在了，虽然她在他过去的生命里是那么丰盛的存在，但一个男人对一份感情真诚不就是对另一份感情薄情吗？

所以当他半夜睡不着想下楼透气的时候，看到闻香，他甚至都有些吃惊。想着在不久以前，他还希望这个女人来北京做自己的助理，可现在他看她的眼神，吃惊里还有一丝厌恶。

闻香哪能没有看过这种厌恶，但是她明白，这也不代表金默真的很讨厌自己，而是他无法回应自己这份隆重又绵长的爱，他讨厌的是这个。闻香一直在等待，千个万个，金默爱了，放手了，下一个可能会轮到自己，最后可能会明白谁是最好的。她其实并没有那么伟大，也有许多撕心裂肺的时刻，而那些灰暗的时刻，她都冷静下来告诉自己，这是不可能的，他就是不喜欢自己，与自己好不好无关，与自己对他好不好也无关。无论怎么去分析，他好像都不会喜欢自己了。可是她放不下，放不下他，更放不下过去那漫长岁月里她的深情。

谈不上那么喜欢，只是喜欢了那么久，不甘心。

她是带着对金默的一点恨去爱他的，这种恨是因为爱而不得，而这种爱就是恨自己无法轻松放手。她并不缺乏追求者，那些追求者同样也很优秀，相比之下，说实话，可能比金默还要优秀。

她曾在去美国交流学习的一年时间里，遇到过一个很优秀的男人，那个男人刚毕业，意气风发，在华尔街上班，拿着很高的薪酬，有着无量的前途。

她作为国内大学优秀的学生交换到美国，被安排进入他的公司实习。都是华人，两人处于优秀的不同阶段，她理所当然地成了他的助手。

这个男人叫朱珠，他的朋友们都喜欢叫他朱老师。

闻香曾打趣问道，你那么喜欢为人师表啊？

朱老师回答说，我是一个老去的狮子座的人。

闻香说，哈哈哈，那你就是外冷内热狮，他们都觉得你很冷，但是我觉得你挺好的。

那时候，闻香自己也不知道，她之所以觉得朱老师并不十分高冷是因为她这些年经历了金默无比的冷漠。

后来，朋友们叫他朱老师是因为他成了幼儿园的老师，但那时候，闻香叫他朱老师确实是因为要跟着他学东西，觉得他有那种并不老气却又有着成熟气味的魅力存在。

朱老师并不觉得这样几个月的实习有什么作用，却没有想到闻香很聪明，这种聪明不是自以为是的，而是一种能被外人所认可的通透的聪明。闻香似乎把所有的任性与对一件事情的较劲都放在了对金默的痴念上，而在处理其他事情的时候，那种不争与当仁不让都恰到好处。其实人初入职场，稀缺的是经验，更稀缺的是那种心态。闻香自然有很多东西要学，却在心态上领先了同龄人一大截。

几乎没有悬念的，闻香拿到了一个 offer，但是闻香却坚持要回国。她表现得好像对他没有一丝留恋，有点意思。

朱老师当然不是因为她聪明而喜欢上她，而是她的聪明照亮了她其他的美好。对于朱老师来说，她那种隐忍的聪明就像是药引，灌到他身上后，反而让其他美好的药效都出来了。而金默，自然也知道她聪明，知道她好看，知道她有千千万万的好，却又因为她对自己太好，而把她自己的这些好都给逼退了回去。

朱老师遇到闻香的时候，并不知道她心里因为另外一个人构建了极高的壁垒，他也并不知道一个看似这样文静简单的姑娘，心里可以装得下绵延悠远的高山大海。那时候的朱老师不懂，即使是寄居蟹，如果爱上了另一只寄居蟹，那它虽然寄居的是一个贝壳，心里盛放的，却是整个大海。

闻香是佩服朱老师的，他有自己独特的魅力与极强的能力，长得也是一表人才。但是她因为自己的原因，阻断了与这个世界上其他人的爱情通道。

朱老师追求闻香，起初大概是出于雄性动物的本能，但是闻香的第一次拒绝，反而激发了朱老师作为一个成功男人的征服欲望。后来朱老师自己也承认，他并没有多喜欢闻香，但是他却对这次没有成功的追求有些念念不忘。

但是闻香的坚决反而让这一切并不那么拖泥带水，后来朱老师闪婚，闻香回国。只是没想到，又过了一阵，金默突然对闻香说，他去日本玩，新认识了一个哥们儿，特别棒。

竟然就是朱老师！

于是几年后，闻香与朱老师又坐在一起喝咖啡，闻香把心里的秘密告诉了朱老师。朱老师说，这家伙，呵呵。闻香说，是觉得不值吗？朱老师说，也不是，挺好的。闻香说，有时候我觉得自己特别伟大，好像对他好就够了。

朱老师说，一份上好的恋爱，不单单是要成全别人，还要成全自己。

闻香说，他不喜欢我，我怎么成全自己？

朱老师说，我相信这些年，除了我之外，你还遇到别的一些人吧，成全你自己的只有你自己。

就是在那次见面的时候，闻香对朱老师说，金默想成为一个编剧，朱老师能不能帮帮他。朱老师说，我倒是有个学生家长，估计有点门路。

闻香说，如果需要钱，你与我说。

朱老师愣了愣，说，这小子啊，艳福不浅，希望他机缘也深啊！

这就是金默被召唤到北京的真相，他光知道闻香在背后操盘，大为光火，殊不知朱老师、陆尧也参与在了其中。人生其实有很多事情，你觉得是自己运气好，其实明里暗里都有很多人在帮助你。那个年纪的金默，光知道自己不会谈恋爱，其实除此之外，他还不是一个好儿子，也不是一个好朋友，虽然他有好朋友朱老师。

朱老师说得没错，这些年，她是遇到了一些人，除了朱老师之外，还有一个不错的人，追求了她挺久，是那种电视剧里经常看到的暖男。他喜欢闻香，喜欢得清澈自然，并不觉得自己的喜欢没有得到回应有多苦大仇深，也并不觉得自己继续喜欢下去算得上多么深情动人。

他是金默父亲的司机，吴忠全，平时话很少，爱笑、踏实、忠诚，但是交流的时候有自己的智慧在。闻香有一次去看金爸爸，回去的时候下大雨，金爸爸便让小吴送她回去。这本来应该是一次平淡无奇的交集，出于礼貌最多有一句"谢谢""再见"这样的交流。

可在路上的时候，雨大，路滑，小吴一个刹车没打住，撞到了一个人。

小吴匆匆下车，一个女孩躺在水洼里，一时间不知道伤得重不重。小吴连忙掏出手机，报警，叫救护车。做完这些之后，小吴还叫了一辆出租车，向闻香道歉说只能让她坐出租车走了。闻香并没有表态，只是观察他的下一步举措。

小吴从车里拿了一把伞，站到了受伤的女孩身边，给她撑上了伞。

过了一会儿，出租车倒是先来了，小吴示意闻香先走，闻香却把出租车打发走了，闻香说，因为送我出事了，我陪你一起解决吧。

对于闻香来说，她只是想在金爸爸面前表现出一种形象——她是一个有担当的女孩。不过这却让吴忠全误会了，因为对于男生来说，女生有问题时一起承担，是天经地义，而如果自己有问题，女生愿意一起承担，这就会让他觉得异常感动。

他对她喜欢的初始就是因为抓住了这一份其实是自己想多了的感动。

那天晚上，闻香与吴忠全一起把那个女生送到了医院，幸亏车速不快，她也没有什么大碍。但是那个女孩本来安静得很，到了医院后，突然变得不依不饶。即使全身检查下来并无大碍，也不愿放两人走。闻香好脾气地询问，那你需要怎么办呢？

怎么办呢？被撞的女孩说不上来，她只是不愿意放他们走，毕竟这辆车是这一份念想的唯一的牵连，她盯梢过几天，开这辆车的明明不是这个人啊。

这是几年前的糖糖，遇见的是几年前的闻香。许多年后，金默回忆起糖糖，总觉得他们的第一次见面是他为了躲避夏总，把糖糖拉进了自己怀里。

其实不是，是他还在穿白衬衣、牛仔裤追求缥缈文学梦想的时候。有好几次，他专门开车去邮局旁边的杂志社买一本文学杂志。

让糖糖注意到他的是，有一次，糖糖问老板杂志到了吗。老板笑，被一个帅哥买走了，手一指。金默正好打开车门，拿着那本杂志，钻进了车里。

车子开走了，糖糖却看着车子发呆。

人在年少的时候，总会为一幅画面付出一颗真心。那天阴雨绵绵，江南雨，雨幕中也有光亮，而因为金默的侧脸，光亮也暗淡。糖糖心里也是，亮了又暗了，暗了又暖了，暖了又冷了。

这之后，糖糖等来了雨天，也等来了这辆车，却没有想到被撞倒后，从车上下来的却并不是金默。说回撞车，闻香差不多是以一个女主人的姿态处理了这件事，她最后给糖糖留下了一个手机号，如果后续有什么事，你可以找我。

糖糖则是没头没脑地问了一句，你是他姐姐还是妹妹？

闻香不带温度地看了一眼吴忠全，什么都不是。

糖糖则半信半疑地看了她一眼。

那件事之后，糖糖并没有再刻意寻找过金默，她也是那种拿得起放得下的人，为了一个人做到这个地步，也没能认识，那就是缘分不够。只是糖糖自己也没有想到，许多年后，他们还是在北京相遇了。

回到闻香这边，那天，这一系列事情之后，吴忠全算是在心里种下了喜欢闻香的种子，但是他却更安心于自己的工作，并没有过多表示。之后他更是知晓了，原来闻香喜欢金总的儿子金默，那也挺好。他接触金默不多，知道他也算是个不错的人，自己喜欢的人喜欢的人不错，他也就觉得开心。对于他来说，好像喜欢一个人与得到一个人是两码事。后来他读到一个作家写的一段话才恍然大悟，原来自己的这种喜欢也是那个作家所推崇的喜欢啊。他把那段话复制在备忘录里，有时候拿出来看看，便觉得很好。

喜欢一个人的文字，不过闲暇时看看，有时候再翻翻阅的书。喜欢一个人的歌，那就给他在 MP3 里留有一席之地，经济阔绰也可以去看演唱会。喜欢一个人的样貌，把洗出来的他的照片放来做桌面，或贴在墙上，而有机缘能够见一次，则欢欣不已。喜欢是进退自如的旅行，而不是身陷泥泞，而我们常常把自己的喜欢当作牢笼，囚禁你自己与所爱的人。

闻香却并不知道自己的背后有这样的目光注视，喜欢金默那么多年了，她越来越觉得孤独。这种孤独让喜欢这件本身应该是美好的事都变得不美好起来。她没有糖糖豁达，糖糖可以为了惊鸿一瞥，奋不顾身主动追捕，但是奋不顾身后也能潇洒脱身。她却把一份初始的美好，拉长到接近不美好的程度。

话说回来，金默下楼透气的时候，遇到了守候已久的闻香。闻香难得地单刀直入，我想与你聊聊。

金默说，什么事？

其实有时候我们喜欢一个人，与他对话便知三分情，就比如闻香说的这句，我想与你聊聊。如果对方喜欢你，一定会回，好呀。而如果对方说，什么事，即使态度再好，潜台词也不过是说，如果没有什么具体的事的话，那也就不必聊了。

闻香何尝不知道这其中的酸楚，只是这酸楚吃惯了，也并不以为然。

她之于金默，到底还是有分量的存在。金默踟蹰了一下，说，那我们在这儿说，还是去酒吧说？

闻香说，你就不邀请我上去坐坐？

金默说，啊，我房间里有点乱。

闻香笑，我开个玩笑，咱们走走吧。

金默说，好啊，我正好想走走。

两个人于是走在北京的夜色里。之前他与阑遇并肩行走时，两个人像是走在一幅秋高气爽的画作里，这里笔墨浓，那里画风疾，两人如画也是画。而金默与闻香走在一起，像是走在跌跌撞撞的杂物堆里。

闻香走得倒是靠前一点，领着金默，在他们之间，这是极少见的。金默无所谓，本来就心烦，也不知道往哪里去，怎么走都随便。

闻香不说，金默也就没有心情去问她到底要说什么事。

读书的时候就是这样，金默走路去上学，闻香就在后面尾随，他骑单车了，闻香也是不远不近地跟着，后来金默家里是轿车接送，闻香的家庭也跟得上。反正在这无数次跟随里，金默几乎都是沉默不语的。

两个人走着走着，金默突然发现了什么——真是无巧不成书，不知道什么时候，两个人就走到了那天晚上金默与阑遇走过的路上。

金默想起了阑遇，这时候她在做什么呢？说了晚安，这个晚上可安稳？

金默回想起她的吻，自己竟然就这样亲了她。人们说，恋爱中，暖昧是最好的时光。是啊，彼此情动，却又没有敲章盖印，是有无数的可能，却又只有一种可能。也许，不莽撞，等到水到渠成会更好，可生命的进程中有时候又哪里容得下按部就班呢？

如果没有路过那个烧烤摊，如果闻香没有提出来要吃顿烧烤，金默大概怎么也不会想到今天走的路与那天晚上走的有什么不同。直到闻香说，吃烧烤吧。

金默说，吃不下。

闻香说，与她吃就吃得下？

金默下意识地还嘴，谁？问完之后就明白过来了，是阑遇，只是闻香怎么知道的呢？

金默看了闻香一眼，你想吃就吃呗。

闻香说，嗯，我突然想在这儿与你聊聊。

金默坐下了，其实要是喝酒也不是不可以，本来心里就有事，喝上一杯也无妨。如果是朱老师，两人默默无语，会须一饮三百杯！

闻香要了啤酒，也点了许多烧烤。闻香说，你很不开心吗？

金默说，我没有。

闻香自作多情道，与我在一起就那么不开心吗？

金默说，与你无关。

闻香说，因为项目的事？

金默说，不是，就是习惯性忧伤一下。

闻香喝了一杯，她好像酒量很好的样子，金默竟然想不起来她以前酒量好不好了。

闻香说，金默，我们今天可不可以开诚布公地谈一次。

金默说，好啊，但是我从来没有对你说过谎。

闻香点了点头，没错，你知道对一个女人最残忍的是什么吗？就是真话不全说，谎话全说。你从来不对我撒谎，这其实更让我难过。

金默忍不住笑了，你竟然有这样的想法，希望别人对你说谎，我不喜欢说谎。

闻香说，确实，你从来没有对我说过谎，所以呢，我恨也恨不起来。

金默说，你干吗恨我？你大概是我最好的女性朋友了。

闻香说，但是你知道我喜欢你吗？

金默对这个问题是从来不去想的，当它是一个伪命题，于是他就从来没有真的为此困扰过。而且他一直觉得自己与闻香达成了一致，那就是，你心里怎么想的我不管，你要一直在我身边待着也无妨，但是你不要把这个事情说出来，只要不说破，那就这样维持下去吧。

以金默的性格，也不可能当作自己没有听到，他如实回答，我知道的。

闻香倒是没想到金默回答得这么干脆，是吗？

金默点了点头，我曾以为这一切也许都是不存在的，但是既然你问了，那我就知道这是存在的。

闻香说，这大概比我预想的今晚最差的情况要好一些。

金默不知道怎么回答，闻香这样说，他自然也有恻隐之心，毕竟她是一个女生啊。自己与阑遇不开心，尚且那么难过，将心比心，这么多年自己对闻香的喜欢这样冷漠，那闻香的不开心，应该是更重的吧。

闻香说，那你可曾有一秒钟想过，要不要与我在一起？

有没有想过要不要与闻香在一起？偶尔会在脑海里飞速地转过这个念头吧。其实一直以来，金默对恋爱的态度并不那么郑重其事，有时候他确实会想，闻香也还不错啊，那就谈一下呗，但是好像又有另外一个声音说，不可以。

为什么不可以？不是因为不够好，是因为挺好的，其实她比金默的大多数女朋友都要好。可是可能因为她太认真，不够潇洒，让那个在年少的时候不愿负责任的金默觉得有压力，这大概是最真诚的答案了吧。

到后来，金默也慢慢长大了，也懂得了承担，却实在觉得自己无法喜欢闻香。他向往爱情，却也更向往自由。自由就是，我们相爱，我们就在一起；如果你不爱我了，或者我不爱你了，那我们就结束。能做朋友以后就还做朋友，不能做朋友，那我们就相忘于江湖。

但是闻香给金默的感觉并没有那么豁达，如果他答应与她在一起，那后续的事情将会变得无穷无尽。他无法预想那是什么事情，但是能够预想到自己这辈子都逃不开她了。

他不爱她，而且他很想要有一份自由，一份能让他自己问心无愧的自由。

闻香大概始终没有明白的是，金默拒绝的是让自己成为那个不好的人。

闻香显然还在等待金默的回答，金默说，有吧。

闻香说，但在你心里从来没有过在一起这个答案对吗？

金默被逼问得有点尴尬了，闻香，其实问这些意义不大。

意义不大？请问，什么叫意义很大？

金默说，回答这些，我可以挑选你想要的答案，但是不会改变什么。

闻香说，我当然不是为了改变什么，只是我想把这些问清楚。

看到闻香眼睛里那藏不住的难过，金默又于心不忍了，他说，问吧，反正我都会如实回答你。

闻香说，最后一个问题。

嗯。

就是无论如何，不管发生了什么，你都不会与我在一起的，对吗？你内心永远无法在爱情这个层面上接受我的，对吗？

金默并没有躲避闻香的注视，她有勇气问出这个问题，那自己也应该有问题就回答。如果今天是闻香的最后一击，那她一定要击穿一切。

金默在回答之前，发现酒瓶空了，闻香还喝了不少酒，不过她说，我很清醒，金默，我知道自己在做什么。

金默放弃再要一杯酒，酒壮尿人胆，对这件事情，他不尿，所以就大大方方地说好了，闻香，我一直当你是好朋友、妹妹，或者说是家人。从小到大，不管你有什么事，我都一定会帮你。真的，除此之外，我什么都愿意。

闻香说，好，其实你不用解释那么多，我只要一个答案。

金默说，对不起，闻香，我不会与你谈恋爱的。

闻香说，你不用对我说对不起，可能你还需要感谢我吧。

感谢？

对，既然你心里彻彻底底没有我，那有个事情我可以与你说一下，我可能需要扮演一下你的女朋友。

啊？金默一下子没听懂。

闻香的神色变得更加沉重起来，这种沉重不似刚才那般悲伤，反而让金默一下子觉得有些不妙。

果然，闻香说，我觉得你得知道这个事，虽然他们不让我说。

金默突然间就觉得心里有什么清明了，是我爸，还是我妈？怎么了？

金默竟然能够一下子猜到，这让闻香仍旧觉得他是一个有情有义的人。她也想了很久，最后决定违背老人的意思，把这件事告诉金默。

金爸爸在一年前查出患了尿毒症，近来被医生告知时日无多。金默的父亲一生激荡，有遗憾，就是老了与老婆离婚了，还有一个，就是没有抱上孙子。而现在，金默给他的感觉就是连抱孙子的可能性都没有了。他是看着金默和闻香长大的，知道闻香对金默好，也知道闻香的好，他失去金默的妈妈后才明白这种好的珍贵。知子莫如父，他当然也明白，儿子对闻香的拒绝其实也是一个男孩对成长为男人的拒绝。

所以他多么希望能够通过自己的力量让金默接受闻香，即使此时并不全然出于本心。

闻香自然也知道金默的爸爸有这样的想法，当然，很难说她没有因此动过私心，但是即使爱得再卑微，她也有自己的骄傲在。她的骄傲就是，我很想帮助你，但是我不想让我的帮助掉色；我很喜欢你，我也不想让我的喜欢掉色，所以她才逼着金默回答这一切。

金默长叹一声，我早就该想到的，这老头从来对我都是不管不顾的。

闻香说，我知道我的想法很傻，但是，也许这对他是一种安慰吧。

金默满怀感激地看了一眼闻香，闻香，谢谢你！你说的这件事情很好。如果真的不会伤害到你，我想让你帮我。

闻香说，好。

金默又说，其实我知道这样很不好，你随时都可以叫停的。

闻香说，你放心，我会的。

可是他们彼此又都知道，她不会的。

金默这时候才突然明白过来那种情感——父爱如冰山水面下的那部分，并不被人看见，却永远拖着在水面上发光的冰块。金默并不能真正明白，却已切实感受到了这种伟大，那就是即使自己罹患重病，却仍旧关心着另外一个人自己都并不关心的问题。这也许是生命传承的自然力量，但对金默来说，却是落在他一个人身上的感动。

说实话，在这种激荡无私的爱的感染下，如果可以，金默愿意用自己的命去交换父亲的命。而如果只是为了让他走得更加放心，金默与闻香假装成恋人，去安慰那颗诚挚爱着自己的心，又有何不可？

金默突然想起了什么——父亲还让自己陪他去日本。显然，与其觉得那是一场追逐，不如理解成是留存回忆的旅行，只是金默不懂。金默唯一能确定下来的便是，母亲应该也不知道父亲生病的事。他为自己的父亲感到骄傲，因为他并没有用自己患病作为武器去博取母亲的同情，然后换回些什么，他反而有些老不正经地想要追回她。或者可以说，这份追逐本身就是结果，因为在这个过程中，母亲即使有再多、再大的怨念，在父亲去世后，也会消除。

这是一个充满了那么多爱的男人在面对自己生命倒计时时所做的一切，很美好，也让金默动容。而金默心里也明白，如果做点什么，能够让父亲觉得开心，那一定是，自己真正有所担当，自己能够成家立业。

他想到了阑遇，他喜欢她，甚至都可以说得上是爱她，但她对自己呢，不清楚。他本来有足够的时间去慢慢了解这个问题的答案，可是现在，他不能够用父亲病重去影响这份感情，因为父亲自己都没有借用这一点，这是他对父亲的尊重与爱。如果说要让父亲得到一些宽慰，那最好的方法就是他与闻香假装在一起。

金默又看了一眼手机，阑遇并没有发消息来，金默说，你订票吧，明天我们飞回上海。

那天晚上，金默收到闻香发来的订票信息之后，纠结了差不多半个小时，给阑遇发了一条微信，我明天回上海了。

差不多也是半个小时之后，阑遇也回了信息，有事？

金默打了两个字，"我爸"，想想又改了，就是想家了。

阑遇说，嗯，挺好的。

金默说，我可能会在上海待一段时间吧。

阑遇说，毕竟那是你的地盘啊。

金默说，那回来找你吃饭，或者你来上海一定要告诉我。

阑遇问了一句，几点的飞机啊？

金默说，早上九点十五分的。

阑遇说，哦，那估计你要早起了，那早点睡吧。

金默说，好，晚安。

金默放下手机觉得自己很好笑，他完全可以说是九点的飞机，偏偏还要说得那么具体，是心里隐隐约约有所期待吗？期待什么呢？从微信里看，阑遇对自己的出走似乎并无多大波动，不是说，女人都是不可理喻的？或者说，只有在恋爱中的女人才是不可理喻的吧？而阑遇对自己的冷静与礼貌，恰恰也说明了一切，她并不爱我。

阑遇一晚上没有睡，她本来在纠结，自己要不要再次给金默以信任，接受这份感情，没想到金默先逃了。这让她觉得自己好傻，人家原来也只是"北京一夜"而已，自己却想着一生。说不愿意再走进爱情，可显然，自己已经站在圈子里了，可就像是孙悟空画了一个封闭的圈，圈住的不是师父，而是自己啊！

阑遇想了想，打了一个电话。

夏大制片人吗？你说那个戏要去云南拍？三个月？行，我去。

她很久没有拍戏了，虽然没有那么红了，但还是不断有戏约找。对于拍戏，她倒是真的失去了热情，可是如果她不找点事做，估计就会被金默突然离开的巨大失落情绪吞没了，她会窒息的。不过，她的情况可能比陆尧的要好一点，毕竟她还能演戏，陆尧已经写不出一个字了。

　　她努力反省是不是自己哪里做错了，或者是做得不好，才换来了金默的不辞而别。她其实知道自己又是在胡思乱想，也在心里埋怨上帝为何要给自己希望又让自己失望。

　　第二天，金默掐着点起来，叫了车，没想到一路顺畅，半个小时不到就到了机场，而闻香则早就等在那儿了。金默下意识地说了一句，没想到今天不堵。

　　下意识里他是希望堵车的吧，这样也许就能延误了。他对北京还有留恋。

　　闻香是何等聪慧，她小心提议，是不是在北京还有事，要不咱们改签到明天？

　　金默一愣，不了，我想早点看到我爸。

　　闻香连忙点头，那我去买点早饭。

　　金默点了点头，他抬头看了看电子屏幕，有从世界各地到北京的航班信息，也有从北京到世界各地的航班信息。多少人来来往往，来来往往的人群中又有多少颗心起起落落。他想起话剧《暗恋桃花源》里的台词。

　　如果我们在上海不认识，那生活会变得多么空虚。好，就算我们在上海不认识，我们隔了十年，我们在……汉口也会认识；就算我们在汉口也不认识，那么我们隔了三十年，甚至四十年，我们在……海外也会认识，我们一定会认识。

　　是啊，如果有缘，他与阑遇即使不是在北京认识，也会在上海认识，或者会在欧洲、会在美国认识。可是如果没有缘分，即使两个人都在北京，即使两个人遇见了，也只能是擦肩而过。

　　金默想起来给朱老师打了一个电话，没人接，他就给他留言了。好像他们从相识开始，就没有很在乎这些形式感极强的东西。金默也没有打算告诉朱老师父亲的事，不要给朋友平添麻烦，如果自己的麻烦朋友也无法解决的话。

　　闻香已经买了咖啡回来，金默接过了咖啡。咖啡有些烫手，金默突然清了过来。清醒过来的时候心里走过一句重重的叹息，是真的要离开北京了。

　　两人准备去值机，而就在这时，金默看见了阑遇。见到阑遇的一瞬间，金默才明白过来，自己是多么多么希望见到阑遇，只是想见到，他们有很久很久没有见面了。

　　而现在，阑遇就站在他面前，这突如其来的惊喜，让金默都没注意阑遇此时正拉着行李箱。

　　金默心里翻江倒海，表面上却只是延续了脸上淡漠的神情，好巧啊！

　　阑遇脸上有淡淡的妆，至少看起来并不那么憔悴，她说，是啊，好巧。她的眼神不可避免地扫到了站在一边的闻香。如果是昨天，金默一定会万分厌恶地让闻香到一边去，可是经历了昨晚那触及灵魂深处的聊天，闻香还是那个闻香，金默还是那个金默，只是金默对闻香已不再像原来。他对闻香的温柔里，有着长久以来猛然觉醒的歉意和在这件事情上对闻香的善意所应回报的感恩。

金默介绍说，这是闻香。又对闻香说，这是阑遇。

除了名字，似乎不知道用什么前缀。

阑遇说，我记得你是九点十五分的飞机，我的反而要更早一点，九点。

金默脱口而出，你也去上海？

阑遇笑了，我是去云南拍戏。

金默这才恍然自己可能想多了，他的姿态努力表达出一种祝福，恭喜你啊！

阑遇说，只是工作，没什么恭喜的。

金默说，那你好好拍，有机会我去探班。

阑遇几乎是灿烂地大笑了，好啊好啊！

两个人都拉着行李，又互相看了一眼，终于也只能转身告别了。

第八章

老去的过程中，也许我们真的很难遇见爱了，可我们也还有微茫的希望遇到一份郑重的爱。

　　金默回到上海，是好哥们儿八喜与元宝来接的他。本来也没有必要，但是这两个小子大概是听说了金默那四十个亿的故事，显得分外殷勤，非要帮金默提行李，还一口一个金总、金老板，叫得那个油腻。当然，金默知道，这两个家伙就是戏多，他金默没有四十亿的时候，三个人就是死党。

　　八喜是一个长得比姑娘还精致，内心却比李逵还糙的小哥哥。而元宝则恰恰相反，胖子，心眼比绣花针还小。这两个呢，从小跟在金默的屁股后面，倒不是金默有什么领导能力，而是除了金默，没有人愿意与这两人玩耍，金默身上有一种能量，就是能够包容。这种包容不是一个人犯错了选择原谅那么狭义，而是他总能让人放松地做自己，即使在他面前展现出缺点来。这也并不是金默温和，相反，更年轻时候的金默是极具攻击性的。

年少的时候，金默曾经质问一个很包容他的女友，你为什么还会喜欢我？女友回答说，说实话，我喜欢你那么强势，让我愿意去温柔对待你。这句话是击中了金默的，其实也回答了金默的很多疑惑。是啊，你温柔对待一个人，是一种温柔；你能激发起另一个人的温柔，这可能也是一种温柔。

这两位哥们儿就是，缺点很多，但却莫名其妙地都很包容金默，大概金默也包容了他们。总之在互相包容中，三个人的关系倒是很好。金默去北京时，也是这两个好兄弟给送的行。当时喝多了，大家开玩笑说着说着也就哭了。

金默背了一首诗，此去经年，应是良辰好景虚设，便纵有千种风情，更与何人说。

元宝说，你说人话行不。

八喜在一边翻译，他的意思是，这下去北京了，遇到什么事，就没有人嘚瑟了。

金默说，现在通信那么发达，有什么事我还能不第一时间告诉你们啊。

八喜说，这不当着面就是不一样啊！什么叫扑面而来，什么叫鞭长莫及？

回忆到这儿，金默突然想起了阑遇，千里之外的阑遇，虽然有手机可以很快联系到，但毕竟是不同的。当然，现在他们之间，手机联系似乎都不是那么必要了。

是自己的兄弟，金默于是把父亲的情况也与他们都说了，当然也说了闻香的计划。八喜说，金默，要不你就干脆假戏真做得了。金默正尴尬着呢，闻香接了话茬儿，假戏真做，那我可不乐意了。八喜还在继续犯傻，你就吹吧，闻香，谁不知道你一直喜欢我们金默哥呢。元宝在一边狠狠瞪了他一眼，倒不是打趣闻香不妥——这对他们来说是常态，而是金默父亲正生病，显然不是开玩笑的时候。不过，金默喜欢两个好兄弟那并不十分沉重的状态，在这样的时刻，或者往后更为沉重的岁月里，他们都一定不会离开身边的。

父亲在郊区的一个疗养院待着，身边只有吴忠全陪着。当闻香挽着金默的手臂走进病房的时候，吴忠全眼里并没有流露出任何失落的情绪，这个老实的男人，此时此刻，他把对闻香的爱也叠加在了对金默父亲的照顾上。闻香反而没有勇气去看吴忠全的眼神，她觉得自己能骗得了金默的父亲，但却骗不了吴忠全。

八喜与元宝简单问候了金父，便出去在外面等了，吴忠全也走到外面抽烟去了。

父亲看起来并不那么憔悴，却没有了在北京相见时那种虚张声势的狂傲，现在想来，那份狂傲是多么可爱，多么用心。幸亏金默现在领悟到了，也不算晚。幸亏闻香愿意以进为退地终结了他们之间的可能，来安慰一个病重的老人。父亲看了一眼窗外的八喜、元宝，满是欣慰地对金默说，你呀，运气是真的很好，记得不要亏待了你的朋友们。

金默点头，不会的，顶多是他们亏待我。

金默父亲说，还有那个朱老师，也不错。

金默苦笑，老爸，你这是托孤吗？

金默父亲接了一句，内事不决，问闻香；外事不决，问……

金默抢答了一句，外事不决，问老朱？

金默父亲微笑，外事不决，问忠全。

父亲这样说，金默并没有想到，父亲却不再多说。

金默本想与父亲讨论一下治疗方案，父亲却早早地结束了这个话题，我自己的身体我自己清楚。金默不好再坚持什么，有些事，他私下去做就行了，闻香说已经联系了国外最好的专家，此刻正在过来的航班上。

父亲却把眼光落在了闻香身上，金默此时极具表演天赋地顾左右而言他，这个举动却进一步让父亲上钩了，病重的老人笑道，怎么还害羞了？你们两个孩子，是我看着一步一步长大的，走到这一步，情理之中，意料之外。

金默忍不住插嘴，意料之外？

父亲说，是啊，我本以为现在都已经抱上孙子了。

闻香这时候也露出一个女孩子该有的却在她脸上少见的羞赧来，伯父，我总觉得，我和金默之间太熟了。

金默的父亲有点诧异，瓜熟蒂落不正好吗？

闻香说，瓜熟蒂落是很好，我就怕是人老珠黄。

这本是一句玩笑话，却又引得金默的父亲想起了什么，他突然转身去问金默，你说我和你妈是不是也因为人老珠黄？

金默心里苦涩，却只能接话道，那也是您黄。

父亲这时候才郑重其事地说，所以你要以我为鉴啊。他又看了一眼金默与闻香，说，既然在一起了就好好的。

他后面一句话没有说出来，但是金默知道，他是开心的，他终于少了一个遗憾。他与闻香的这一出，终于有了意义，不然他会恨死自己。

父亲又想起一件事，金默啊，既然你与闻香在一起了，那爸爸的钱呢，还是得给你。

金默还真忘记了这事，他绝不是一个不爱钱的人，但也绝不是一个只爱钱的人。这几天脑海里过了太多事情，闲遇，父亲的病，与闻香的戏。人生好辛苦，如果说缴纳了这四十亿，一切都能按照自己的想法来，那也是值得的。可是这个世界上大概也有不少支付得起四十亿的人吧，但不见得他们每一个人都很快乐。

人真的是很有趣的物种，那时候闻香介绍活，自己还与制片人争论稿费许久，那几万、几十万的，当时觉得是天大地大的事，现在想来真是无趣，人怎么可以花精力在无趣与无聊的人身上呢！

金默说，爸，您要不给我四万、四十万，甚至四百万，让我自己玩玩就行了，四十个亿，还是等您老人家来吧。好好养病啊，老爸，还有那么多钱要花呢！

父亲说，你想想吧。

过了几天，国外请的专家也到了。问诊后，父亲倒是也积极配合治疗。金默能够感觉到，如果不是因为闻香，父亲对治病这件事的态度显然不会那么积极。人活着总要指望点什么，之前，父亲大概是对母亲、对自己都绝望了吧，而现在至少有自己，带给了父亲一种快乐。而金默其实也并没有因为这种谎言而不快乐，他心里有对阑遇痛痛快快去拍戏的失望，也有突然被唤醒的对父亲深重的爱。而这些天常与闻香同框出现，也并不是一件为难的事。

元宝与八喜也常来，他们在平日里的无所事事，反而让这一切温情有足够的时间与精力辅助。

几个人有时候就在外面客厅坐着聊天，正好四个人，有时候也打牌。毕竟对于生病这件事情，似乎也不能每天唉声叹气，以泪洗面吧。于是在父亲身体更好些的时候，金默每天来陪伴，也会给自己找点乐子。打牌、下棋，偶尔喝点酒，金默觉得这种感觉有点像小时候在外婆家过年，大家聚在一起，吃喝玩乐，一片海晏河清里，是一种暖暖的天伦之乐在飘荡。

有时候父亲的朋友来探望，看到金默与一群狐朋狗友嘻嘻哈哈的，也会流露出很奇怪的眼神来，甚至有个长辈还忍不住说了金默一句。金默礼貌回答，我爸不久就好了，我干吗要难过？再说了，即使我爸好不了，我相信他更想看到的，也是开心的我。金默说完这些突然笑了，伸手拍了拍人家，叔叔啊，谢谢你来看我爸！他礼数周全地把人家招待走了，突然在这一刻，金默自己内心也悲凉地觉得，自己大概是真的长大了。

倒是吴忠全，从来不参与他们的娱乐。有一天八喜提出了一个疑问，你说你爸到底给老吴开了多少钱的工资，怎么还天天伺候？

金默看了一眼站在走廊上抽烟的吴忠全，他一直是沉默寡言的样子，按理说，父亲身边有这样忠诚的人，他应该感到开心。不过金默却觉得哪里怪怪的，仔细想想，应该是自己争风吃醋的心理在作祟吧。

无论金默心里怎么想，吴忠全都像一个雕塑一样，身板笔直地站在那儿。

这边，金默陪父亲养病，心里对阑遇的牵挂也慢慢放到一边去了，而那边，朱老师与陆尧却有了大进展。

有一天下课，朱老师一个个送孩子到家长手上的时候，猛然间看到了陆尧。陆尧一身运动装就来了。陆尧的孩子一直是寄宿的，朱老师以为陆尧今天是要接她回家的。

结果陆尧淡淡地说了一句，我来找你的。

两个人在幼儿园旁边的咖啡馆坐下了，陆尧开门见山，我想出去走走。

朱老师沉稳接道，想去哪里旅游？

陆尧说，我不是想去旅游。

朱老师问，那是？

陆尧说，我想去支教。

朱老师吓了一跳，支教？

对啊，是不是特别文艺，特别矫情！

朱老师说，还好啊，要不我陪你去？

陆尧有些意外，我都没有问呢，你就抢答了。

朱老师说，你特地跑来告诉我要去支教，不就是同时在问我，要不要陪你一起吗。

陆尧说，你呀你，我是担心你不能照顾好祖国的花朵。

朱老师说，祖国的老树也需要我照顾。

陆尧说，你这样说我会生气的。

朱老师说，你生气我就哄你啊。

陆尧一下子又不是很开心了。

朱老师说，我哪句话没说对吗？

陆尧沮丧地说，那倒是没有。

朱老师说，那是怎么了？

我就是觉得你永远不会出错，这很好，但是我又觉得害怕，因为我觉得自己也可以给你接近一百分的回应。我们两个都很会谈恋爱，但这恰恰好像又说明我们不会谈恋爱。

朱老师说，我明白你的意思，你觉得我们两个不像是小学生在谈恋爱呗。

陆尧自然也听明白了朱老师的意思，毕竟他们已经一把年纪了，不应该羡慕懵懂年纪的那份纯真，且纯真也不一定要犯错与无知才能验证。

陆尧说，那你想好了，我们就去？

朱老师说，去哪儿？

陆尧说，大理，正好阑遇在那儿拍戏。

朱老师说，哎呀，那我应该拉金默一起去的。

陆尧脸上的表情突然有点怪，好啊，那你去叫他，四个人有时候还可以打一桌麻将。

朱老师说，好啊，你打算什么时候去？他做事情有一种老成，就是什么事都不妨答应下来，反正人的意志总会很随意就改变的。

没想到陆尧说，明天？

朱老师愣了一下，随即答应，好啊。

陆尧说，那我回去买机票啊，你把你身份证发给我。

那天与陆尧见面后，朱老师马上就办理好了离职手续。一切事情都处理妥当后，朱老师才想起来要与金默说一嘴。

他给金默发了微信，我与陆尧要去云南支教，你去不去？闲遇正好也在那儿拍戏。

完了之后，朱老师就开始整理行李了。朱老师翻箱倒柜找袜子的时候，突然翻出来一盒避孕套。朱老师看见避孕套还愣了一下，说实话，他是真的忘记了是什么时候买的。本来准备行李去大理，他根本没有想到这一茬儿，但是现在这东西突然自己冒了出来，说朱老师完全不动心，也是不可能的。当然，大理肯定也有的卖，但到时候鬼鬼祟祟地出去买，一定会破坏了气氛，如果两个人能走到那种气氛里的话。

朱老师将避孕套的外包装拆掉了，他当时也是够凶猛的，竟然买了盒二十个装的。他想了一下，拿了一半出来，塞进了行李箱的内夹层，又胡乱塞了几条内裤进去。朱老师又想了想，把剩下的避孕套也都塞了进去。做完这些，他去倒了一杯冷水，一口全喝了。

等朱老师回过神来去看手机，发现金默竟然还没有回信息，朱老师不高兴了，又发了一个问号过去。

金默回信息了，我家里有点事，就不去了，你们好好的。

朱老师问，什么事？

金默回，家事。

朱老师说，具体什么家事？

大概又过了五分钟，金默回了，我爸病了。

朱老师说，那行，我去看看他。

金默说，好意我心领了，他现在需要静养。

朱老师明白这不是一种拒绝，而是一种体贴的安排。于是他不再坚持，那回头我去看你们。你放心，我会去看着阑遇的。

第二天在飞机上，朱老师与陆尧说起了金默的事。陆尧说，你觉得金默有没有告诉阑遇家里的事。

朱老师说，连我都没有说。

陆尧嫌弃道，你觉得在金默心里，你比阑遇重要吗？

朱老师说，哈，你没问的时候我还真这样觉得，你一问呢，我觉得这小子怕是要见色忘义了。

这时候陆尧看了朱老师一眼，朱老师马上又说，简直与我一样！近朱者赤啊！

这时候飞机开始滑翔了，陆尧开始了一个话题，其实吧，我觉得友情与爱情有时候还真的蛮难拿捏的。你说我与阑遇同时掉进水里了，你救谁？

一向机敏的朱老师这次却没有说话了，陆尧等了一会儿，扭头去看，发现朱老师正紧闭双眼，满头大汗。

陆尧说，我去，你这是怎么了？

朱老师说，我晕机啊，你就先不要说掉不掉的了。咱们等到地面上再讨论，行吗？

陆尧叹了一口气，老朱啊，你这个老奸巨猾的人啊！

陆尧通过朋友的关系联系了当地一个学校，中学，教作文，因为陆尧的身份，学校当然乐意，朱老师于是也就成了助教。两个人的教学任务并不重，且也没有实际的考核，但是陆尧老师的公开课显然成了学校最受欢迎的课，每个班每个星期都有一次机会向陆老师学习如何写作。

朱老师没有想到陆尧能够那么轻易地和学生打成一片。陆尧私下里告诉朱老师，因为自己以前是写电视剧的，所以她特别明白大众想要什么东西。

两人晕乎乎地上了几天课才反应过来，他们是真的在支教了。有一天，陆尧问朱老师，无聊吗？朱老师回答说，不无聊啊，孩子们很有趣。陆尧于是也回答，是啊，孩子们给了我很多灵感呢。

学校给陆尧与朱老师安排了教师宿舍，一男一女，一人一间，相隔两岸。到了晚上，学生们都睡了，老师们也都早早回房间了，有几个窗口还能看见老师正在伏案备课。

朱老师转悠了一圈，在阳台上抽了一根烟之后，回到了卧室。朱老师躺在木板床上，看着白色又有点斑驳的天花板，觉得这一切都有点魔幻，又有点浪漫。

陆尧发信息过来了，我批改好作文了，你干吗呢？

朱老师说，我发呆呢。

陆尧说，那我们去散步？

朱老师说，哪里？

陆尧说，小操场？

学校为了节约用电，夜晚的小操场黑灯瞎火的，这反而让朱老师与陆尧——两个加起来有七八十岁的人，觉得有点小刺激。朱老师拉着陆尧的手，陆尧也并没有反抗。

说来也奇怪，在那一刹那，陆尧感受到了一秒钟或者半秒钟的心跳，这也是她与朱老师交往以来寻觅了很久的感觉。

陆尧说，老朱啊，你会不会觉得我有点任性啊？

朱老师说，是挺任性的，但是我乐意啊。

陆尧说，以前我读书的时候，是很讨厌学校的，没想到现在反而要回到学校里去寻找那种感觉。

朱老师说，这还好，毕竟咱们不需要登月，或者去火星。

陆尧说，咱们找一个周末去看看阑遇吧。

朱老师说，可以啊。

接下来陆尧就问出了天底下任何女人都会问的一个问题，对了，老朱啊，如果你是同时认识我与阑遇的，你会选择谁啊？

这是飞机上那个问题的继续版，这次朱老师可是踏实地站在地面上，不能够再装死了。

不过，吉人自有天相！

这时候突然有一道手电筒的光照射过来，随即是一个老大爷的声音追杀而至，哪班的学生？在干吗？

朱老师有点发愣，反而是陆尧先反应过来，拉着朱老师就跑。那手电筒显然很有经验，大喊道，现在停下来处分还能轻点。

光晃在两个人身上，让陆尧有一刹那觉得自己已经被抓住了，可随之又反应过来，这只是光，两个人还有逃跑的机会。而且从大爷喊话的方式来看，两个人逃跑的可能性还是蛮大的。如果大爷有十足的把握，大概是不会费力气大喊大叫的，只需要默默地潜行过来，"一击毙命"就好。

开弓没有回头箭，而且朱老师与陆尧显然也迅速享受到了这种被追逐的乐趣。如果没有手电筒大爷的出现，两个人也就是拉拉手、聊聊天，有些刻意，有些矫情，而大爷的追杀，让这一切都变得明快好玩起来了。

有人说爱情只是两个人的事情，其实不是的。比如，我们都说校园里的爱情值得回忆，很大一部分的原因是你们两个小孩子在谈恋爱的时候有五六十个人一起关注，而如果是校花或者校草恋爱，大概整个学校都会关注吧！而对于孩子们来说，这种关注带来的快乐也是不容小觑的。长大了后，除了父母，除了被八卦，谁还真的关注谁与谁在一起呢？

大爷不愧是大爷，虽然年纪大，但是斗争经验丰富。过了一会儿，手电筒突然暗了下来。

朱老师说，看来我们赢了。

陆尧说，看来我们这是要输了。

朱老师恍然大悟，我去，大爷不会那么鸡贼吧！

陆尧说，你以为这里的大爷是幼儿园的大爷啊，人家斗争的对象可是初中生！

朱老师压低了声音说，我可是留过学的。

陆尧说，那你大爷还是你大爷！

朱老师说，你说这大爷图什么？

陆尧说，不一定是要图什么啊，这是他的职责，有些人就是认真，图一个内心自在。

朱老师说，那我们要不要停下来。

陆尧说，我们能体会到他的这份用心，就是对他最大的尊重了，至于逃，我们还是要逃的。

朱老师说，是啊，我们认真逃，也是对大爷工作的一种认可。

这时候，黑暗里果然有个更黑的身影靠近了。朱老师与陆尧本能地就往看台去了。朱老师拉着陆尧躲到了操场小看台的右侧，没有手电筒，人反而不好藏了。因为有手电的时候，只有光亮的地方会被看到，其他地方都是安全区域。手电一关，天上淡淡的月光把整个操场都照亮了。

没想到看台右侧其实是一个储物室，朱老师伸手推了一把，上天保佑，门被推开了，朱老师拉着陆尧躲了进去，然后朱老师轻轻地，反手关上了门。

那一点点星光与追杀逃窜也被关在了门外，只剩下了惊心动魄的安静，储物间的空间并不是很小。可是因为黑，陆尧自然而然地靠到了朱老师的怀里。

朱老师顺势抱住了陆尧。

他们两个虽然都已经觉得谈恋爱无味，觉得聊天也好、做事也好，彼此都知道彼此的招数，没有太多意外，于是不以为然。但是现在抱在一起，各自孤独许久的身体倚靠着另一个身体，这种柔软的触动，反而一下子让所有防备都土崩瓦解。

陆尧一直觉得自己是不爱朱老师的，但显然不是，至少身体给的答案不是。她所有坚强的外壳都不知道哪里去了，她对细小温柔的所有感触也全都回来了。

她写电视剧的时候，很讨厌写那些矫情的话，但是现在她耳边却有一个旁白说，老去的过程中，也许我们真的很难遇见爱了，可我们也还是有微茫的希望遇到一份郑重的爱的。只是遇见之后，我们自己还会谈恋爱吗？

朱老师紧紧地抱住了她，这种拥抱已经超越了黑暗中互相依靠的安全感，而是灵魂中的孤独找到了可以依靠的岛屿。

朱老师突然在这一瞬间无师自通地回答了陆尧之前提的问题，我会救你，义无反顾。

陆尧一下子没反应过来，大不了就被他抓了呗，有什么大不了的。他只是个大爷，又不是杀手，还义无反顾呢！

朱老师很严肃地说，你与阑遇掉进水里了，我选择救你，如果我同时遇见你与阑遇，我会选择你……

朱老师还要再往下说的时候，陆尧已经亲了上去。

虽然这天晚上，陆尧约朱老师去小操场上走走的时候，朱老师是知道大概会发生点什么的，但是具体要发生什么，朱老师也并没有去想，对他来说，拉手是低配，拥抱是圆满，至于接吻，那是确实是没有想到的，更何况，是陆尧主动亲的他。

就在两个人热吻之际，门被撞开了，一道强光射了过来，大爷最终还是寻找到了"案发地"。这对大爷来说并不是一件难事，因为操场上有许多地方可以让爱发生，但是只有一个地方可以案发。

只是让大爷意外的是，门内的两个人并没有因为被抓到而惊慌失措，两人对强光似乎没有任何反应，在大爷的怒目而视下，他们仍旧在激情接吻。

大爷咳嗽了一声，两人似乎都没听见，朱老师的手好像还在陆尧的屁股上抓了一把。大爷觉得自己的胸口被人捶了一拳，有点喘不过气了。

接着，在朱老师的手慢慢上移到陆尧胸部的时候，大爷实在是看不下去了，他清了清嗓子，你们整好了给我出来！大爷转身出门了。

朱老师与陆尧的支教岁月因为这场激烈的接吻提前结束了，虽然两人郑重解释了彼此是男女朋友，但是显然，大晚上游荡在操场上，而且还当着大爷的面做出那么多限制级的动作，都已经突破了校长的底线，也突破了为人师表的底线。校长只能带着最后的礼貌把这两尊大神给请走了，而大爷也因受刺激请了三天病假。

朱老师有些不甘，陆尧倒是觉得正好可以了无牵挂地去探班阑遇。用陆尧的话说就是，这次支教可能不会让孩子们的作文水平有什么显著的提升，但是至少，他们两个轰轰烈烈的爱情故事会在这个学校永远流传下去的。而这种爱情的种子以后也会在孩子们的心里生根发芽，光是这一点，就是功德无量！

这边的两个人几乎上演了一场爱情偶像剧，而阑遇在一个偶像剧的剧组里却过得并不如意。阑遇在心里告诉自己，专注于工作就会忘记感情带来的困扰，可是她这才发现，原来自己并没有那么强大。她并没有像金默一样把这种相思的情绪放在心底，而是悬浮在身体的每个角落。这大概就是古人所说的，士之耽兮，犹可说（脱）也，女之耽兮，不可说（脱）也。

而又因为心里牵挂着其他事，阑遇实在是演不好一个无所挂念的单纯女孩的角色，她的眼神出卖了她。因为制片人的关系，导演还是给了阑遇足够的耐心，而阑遇在业内之前的好人缘，也让大家都给予了她所有宽容。

有一天晚上下了戏，导演发短信让阑遇到他的房间去一趟。

阑遇并没有多想，就去了。

导演与大家一样，都住在并不太好的酒店里，只是因为工作的需要，配备了一个套房，一边是休息区，一边是工作区。导演自然是在工作区接待的阑遇，不过房间里倒是只有两人。阑遇进门的时候并没有太多犹豫就拉上了门，这是对导演的尊重，表示她在这个独处的空间里对导演有足够的信任。

她去过很多剧组，倒是没有遇见过有人因为拍戏要欺负她，便是因为她从头到尾都流露出一种人性美好的信任来，于是，也许有些人会有一些想法，但是面对她所呈现出来的那种无邪，也就不好意思再欺负她了。

也正因如此，制片人让阑遇去演一个单纯善良的角色。而阑遇演不好，并非阑遇不善良了，只是因为阑遇心里想着金默，金默的消失与逃跑，让她忧伤。对恋爱中的女人来说，忧伤的扮演大过善良的呈现。

导演从房间里的冰箱往外拿水果，他特地拿了一盒草莓递给阑遇，别人说吃草莓会心情好，你试试。

阑遇接过，打趣道，导演，你准备那么多草莓，是每天拍摄都很不开心吧？

导演说，拍摄对我来说是一件开心的事，只是在这过程中会遇到许许多多不开心的事。

阑遇说，那这是开心还是不开心呢？

导演说，这就像是，你爱一个人，会遇到许许多多不让你继续爱下去的理由，你觉得自己是爱，还是不爱呢？

阑遇这才反应过来，导演这可不是随随便便找自己谈心，但是导演这眼睛也太毒了吧，竟然能直接看透自己的内心？

显然，导演也猜到了阑遇的疑惑，好了，其实你来之前，你的好姐妹陆尧已经给我打了一个电话，她说你最近可能为情所困。我在镜头里一看，果然如此。

阑遇有些不好意思了。

导演说，其实我是很羡慕你的，因为我们做戏的人，往往都不会喜欢上别人，生活里的爱情故事总是没有戏剧里的来得美好嘛。

阑遇说，以前我也这样觉得的，但那只是故事，而论感受的话，故事里的爱情哪有现实里的来得美好呢？

导演说，你要不要先把这个人放下，我们再试试。

阑遇说，我想放下，但是我没有足够的力量。

明白。

对不起，导演，给您添了那么多麻烦。

导演说，没事，这些都是正常的，而且我是很羡慕你的。不过如果这样的话，我们可能要考虑给你换一个角色。你这个角色，你有人推荐吗？

阑遇脑海里快速过了一圈人，有一个人的眼神突然亮了起来。

阑遇说，导演，我真的想推荐一个女孩给你，她可能没有演过戏，但她的眼神绝对是我见过的最清澈的。

导演说，好啊，你推荐的人，我就用了。

阑遇从包里找出了当时糖糖丢给她的那张名片，虽然那天晚上糖糖对她怒目而视，但在那种怒目里，阑遇还是看到了一种清澈。而且很奇怪，虽然糖糖是带着杀气来的，可是因为这份杀气里有她对金默的在意，于是这杀气也就变得可爱起来了。

电话接通了，阑遇介绍了自己，也说起了那天在烧烤摊上的相逢。

糖糖终于有点反应过来了，哦，是你啊，你终于想起来给我打电话了啊，不过我不会再告诉你真相了。

阑遇说，我不是来听真相的，有个事我想问问你，你有没有兴趣来演戏啊？

糖糖愣了一下，回答了一句，片酬呢？

阑遇难得好心情地哈哈大笑，你开，我给你！

糖糖这才问，演什么啊？

阑遇说，演你自己就好！

糖糖也是干脆，第二天就飞来了云南，试了一段戏，就她无疑。

事情定了下来，糖糖找阑遇聊天。

糖糖第一句是，没想到你并不记仇啊。

阑遇说，我记什么仇呢？你又没有抢走他。

糖糖歪着脑袋想了一下，点了点头，说的也是。

阑遇说，我推荐你只是因为觉得你合适，并没有其他原因。

糖糖说，不过你与他应该也谈得不开心吧？

阑遇有些诧异，这你也知道？

糖糖说，他这个人，一看就是直男癌晚期啊，是谈不好恋爱的。

阑遇说，你看人真准，我倒是觉得，性格都还好，主要还是看这个人爱与不爱吧。

糖糖说，他是爱你的。

阑遇苦笑，这我不信。

糖糖有些生气了，你这个人，怎么回事？我说他不好，你觉得我看人很准。我说他爱你，你又不信了。而且你这个人啊，还很奇怪，别人都愿意相信好的，不愿意相信不好的。

阑遇充满歉意地真诚道，因为，他喜不喜欢我，我还是知道的。

糖糖说，不，你并不知道。

阑遇说，我可能并不知道真相，但是我能感受到他并不爱我。

糖糖说，你确实并不知道真相。

阑遇奇怪，他有事瞒着我？

糖糖说，所以说你们还是有缘的，你竟然会想到让我来演戏，而我，恰好知道，金默的爸爸生病了。

原来如此。

原来他的骤然离别，是因为家父抱病。

原来他的薄情寡义，是因为他心载深情。

原来如此。

一切郁结都在这句话之后烟消云散了。

可是，马上，她心头又笼罩了一层乌云，那就是，金默的父亲生病，感觉并不只是感冒，金默应该很难过吧！他其实还像一个孩子，他应该无法承受生命里的这些痛吧！

可是他也并没有告诉自己，大概在他心里，她并不是那个可以分担这些的人吧。是啊，凭什么呢？她有什么资格呢？但是她心里柔情万千，觉得金默心里有许多痛苦，自己又无能为力。虽然化解了之前的郁结，可没想到新的郁结又迅速结网了。原来爱情是这么回事，爱网恢恢，疏而不漏。

阑遇在纠结的时候，朱老师与陆尧到了。看到糖糖也在，朱老师大概很意外，糖糖却很自在地说，哦，来朋友了啊，那你们聊，我先去定妆。

显然，糖糖自己已经入了那个情境中了。陆尧等人看着她欢脱地走出去，又把疑问的目光全放在了阑遇的身上。

阑遇简单解释了几句后，又问到了金默的事。朱老师表示自己已经知道了，但是显然金默也能处理好，所以他也就没有过去。

朱老师点燃一根烟，有时候最好的陪伴是不陪伴。

阑遇说，所以我也不要去找他，对吗？

朱老师说，我去找他，他会受累；你去找他，他会开心。

阑遇说，算了，我不管他的想法，我自己想去就去喽。

陆尧凑了过来，没错！自己的想法才最重要。

阑遇说，让我一个人静静吧。

陆尧说，嗯，要我陪你吗？

阑遇看了一眼朱老师，谈恋爱了就先好好陪人家吧，分手了有的是时间。

陆尧假装生气，宝贝，你不能自己不开心就这样诅咒我们吧？！

陆尧又马上反应过来，咦，你看出来我们在一起了？

阑遇懒得说话了。

朱老师还在吞云吐雾，当作没听到，陆尧打了一个手势，两人一起离开了。

阑遇"大"字形躺在了床上，她真的得好好梳理一下了。

陆尧与朱老师走了出来，朱老师又顺手点了一根烟，陆尧面带微笑地看着朱老师完成了一系列动作。

朱老师终于在烟雾缭绕中看到了陆尧那种藏着漫天杀气的笑容。

朱老师有点战栗地问了一句，怎么了？

陆尧还是笑而不语。

朱老师猛吸了一口烟，难道我刚才在房间里说错话了？

陆尧的笑更加甜美了。

朱老师惊了，刚看了金默与阑遇的不幸与扭捏，他还庆幸自己现在一切顺利呢，可陆尧这笑，大事不好啊。但是朱老师迅速在脑海里回放了一遍发生的事情，自己似乎没有做错什么啊。

难道是刚才进门看到糖糖时，多看了一眼？糖糖是挺可爱的，之前也有过交集，但这多看就完全是意外之多看了，没有任何不纯之心！现在，自己是一心一意扑在她身上的，说起来，他好兄弟金默家出了这么大的事都没有过去，还陪着她支教，她这是怎么了？

陆尧看着朱老师一副完全不能领悟的表情，气不打一处来，扭头走了。

朱老师跟了上去，陆尧呵斥一声，你别跟着我。

朱老师只能止步，又苦闷地掏出一根烟，抽了起来。

第九章

男人总是更享受攻城拔寨的过程，打下一座城后，要深爱一座城，总是很难。

阑遇订了机票，直飞上海。

她想好了，自己不想再这样下去了，不会谈恋爱的自己是向往爱情的，不会谈恋爱的他是中意自己的，为什么因为不会而错过了这样的相会呢！

自己不会，那就去试，去错，慢慢也就学会了。

他如果不会，那就去原谅，去宽容，去教，差不多也就会了。

这个世界上，有很多人是不会谈恋爱的，但在这个世界上仍然有许多平凡且伟大的爱情存在。爱情不一定要幻化为一个故事才可以被人称赞。那许多动人的画面，比如夕阳下两个老人的牵手，比如婚礼上的盟约，在那一瞬间，都是很美好的。很多人会因此落泪，但是殊不知，为了这一刻，要有多少苦闷难熬的时光需要度过。

　　她已经度过了那么多，她很委屈，之前她一直觉得这份委屈应该向金默发泄，但现在想想，这份委屈应该向缘分撒娇，撒娇了之后就应该去争取一份美好的感情！

　　谁说非得男生主动，金默这种闷骚的人，可能会主动，但是主动需要一个药引。

　　她愿意"舍身"去做这个药引。

　　阑遇上飞机之前给陆尧发了一个信息，你能帮我问到金默的父亲在哪个医院吗？但是不要告诉金默，我想去看看他。

　　然后，阑遇就关上了手机。

　　几乎是在关机的同一时间，有个信号努力地想要连通过来，但命运有时候就是这样有趣。如果这个电话接通了，可能故事就会不同。因为这时候，阑遇在大理机场，准备起飞；金默也在大理机场，刚刚到达！

　　前一天，金默与闻香一起去看过父亲后，从房间里出来，八喜与元宝提议一起去打麻将，金默心不在焉地说好，一会儿又问了一句，打羽毛球？

　　闻香看了金默一眼，说，要不今天就这样吧。大家各回各家，早点休息。

　　八喜与元宝嘻嘻哈哈走了，剩下金默与闻香。闻香说，我先回，要不你在这儿再陪陪伯父？

　　金默本来点了点头，突然又说，要不闻香，你陪我去吃烤串吧。

　　闻香愣了一下，回答道，好呀！

去了烧烤摊，金默倒是表现得兴致颇高，点了一大堆东西，还特地拍照发给了八喜与元宝。八喜与元宝在微信里叫唤，金默却已经给闻香满上了一杯啤酒。

金默说了一句网络用语，没有什么事情是一顿烧烤解决不了的，如果有，那就两顿！

闻香接了一句，你现在心里有事，我能看得出来。

金默说，是啊，毕竟老爸生病了，我总不至于很开心吧。

闻香说，我知道你心里还想着她，你去看看她吧。

金默没想到闻香会这么说，但是又仔细一想，闻香都为自己做到这些了，这一说，是真诚，也是自然。倒是自己心里隐隐觉得不妥，这是金默这么多年来所没有过的，他从来没有在体内加载过闻香的感受，他有时候知道闻香的痛苦，但这种痛苦对他来说是苍白的，是知其字不知其味的。

可现在，却大不相同了，不知道从哪天开始，金默对闻香的那种近乎冷酷的屏蔽层突然就消失了。这绝不是爱上了她，而是他突然学会了尊重闻香的爱，而且也常在夜深时分为闻香的深情轻轻叹息。金默知道，这一切还是归根于阑遇，因为对阑遇的爱寻到了他身体里躲藏的所有温柔，对父亲，对这个世界，金默都开始变得温柔，他实在不忍心这样自私地因为自己的爱而去伤害闻香的爱。

金默说，这是不是对你很残忍？

闻香笑了，发生这么多事，你还是不开心，这才是对我真的残忍。

金默豁然，那行，我去看看她吧。

金默本打算打个电话给阑遇，但是又怕说着说着她就不会让他去了，索性浪漫一把，先去了再说，即使阑遇还是与自己不快，他还可以去找朱老师玩。

金默的算盘打得很好，可万万没想到的是，他到了大理，阑遇反而去了上海。

一支笔难说两头事，先说金默到了大理，打电话给阑遇，是关机。金默又用微信 call 了一次，也还是不通。金默这才觉得可能是有什么事情发生了，一种巨大的落空感袭来。

谈恋爱就是这样，总是充满期待，然后也会遇见落空，或者是惧怕落空，然后等来了落空。那种踏实的、永久的恋爱，到底存在吗？

金默没力气打电话了，他给朱老师发了个微信，我到大理了。

朱老师说，什么？你知道不知道阑遇去上海找你了？

金默松了一口气，至少不是什么晴天霹雳的消息，而且也算得上是一个好消息，阑遇主动去找自己了。作为一个为情受过伤的女生，也是一个演员，她竟然拍着戏就千里迢迢去找自己了，金默大为感动。

金默赶紧到机场看票，大理到上海每天只有一趟，今天的卖完了，第二天的竟然也卖完了，金默只能订了第三天回去的票。

订完票之后，金默给阑遇发了一个信息，阑遇，我来大理找你了，没想到你去上海了，那你在上海多待几天，这两天的票卖完了，我后天就回去，等我。

发出去之后，金默又补了一句，阑遇，我想你了。

金默一不做二不休，索性又发了一大段话过去，阑遇，这些天发生了很多事，抱歉我都没有一一与你说！没有与你说，是不想这些事影响到你，但是我自己也不确定，不与你说是不是反而会影响到你。可是不管如何，至少你，一直在我心里，即使你也没有找我说话，甚至你都没有发过朋友圈，但是这些都不妨碍在之前的交集里你给我的那些感动。可能当时一起走路、一起唱歌都是很小的事情，但是没想到分开后，它们慢慢裂变出更大的能量来。就是靠着这些能量，我度过了这段日子。

阑遇，我是一个很不会谈恋爱的人，这种不会，以前我觉得是因为自己缺乏技巧，现在我想通了，我不会谈恋爱，是因为我没有学会如何去爱一个人。我没有在如何保护自己那点可怜兮兮的自尊心与小心翼翼喜欢一个人之间找到平衡点，或者说，这种平衡的失衡还是因为我太爱自己了，对别人的爱总是没法挣脱出自己的扭捏。虽然这让我很难受，可是我却宁可自己身陷于这种难受之中不能自拔，也不愿意勇敢一次。这次我勇敢了，勇敢得粗枝大叶，但是我又很喜欢这样的自己，说走就走，只是我没想到你也说走就走了，虽然我们没有碰上，但是我觉得好开心，等我。

金默联系上了朱老师，才知道朱老师此时也正在剧组。金默说了一下大概的情况，朱老师倒是豁达，既来之，则安之吧！那你就来剧组待几天。

金默说，行吧。

朱老师说，而且我再告诉你一件事，糖糖也在这儿。

金默这时候已经打上车了，糖糖为什么在这儿？

朱老师说，嗯，她不来，阑遇怎么能够去找你呢？

金默也没有多想，行，那一会儿见。

人就是这样的，不在乎的人发生了奇怪的事，好像也并不会很在意，如以前金默对闻香，似现在金默对糖糖。她突然出现在剧组，这应当是一件令人惊奇的事，但是金默大概并没有让这件事情进入到思考的皮层里去，只是下意识地问了一下，也就过了。

朱老师说，对了，你看看机场有没有卖烟的，这破剧组住的地方竟然没有烟卖。

金默挂了电话，看到一个烟酒超市，他今天心情很好，进了超市，对老板说，最贵的烟，给我来三条。

有时候，兄弟这个东西吧，好也是挺好的，那种为兄弟两肋插刀是不错，可是有时候赶上寸劲儿了，你有这个心，却也会把这两把刀直接插进兄弟的心脏上。

比如金默给朱老师带的三条烟，就是三把尖刀，直接插在了朱老师的心脏上。

朱老师也是挂了电话后才明白过来，之前陆尧生气，是因为他抽烟。

朱老师不明白陆尧为什么会不喜欢自己抽烟，陆尧其实也不明白，但在朱老师不断制造出烟雾缭绕后，她突然开始不爽。其实事后想想，女人好像真的爱了，就开始不讲理了，她就是要开始无理取闹，在闹中取爱。只是男人好像都很难发现这一点，至少在当时，连朱老师这样的老江湖都没有发现，陆尧不是真的在关心自己抽烟会不会死掉，而是在通过这件有点闹腾的事情来称量朱老师的爱有多少。

朱老师明白过来是因为陆尧突然发微信过来说，为了你的健康与我的健康考虑，请不要抽烟了。

朱老师调戏她，怎么了，你要备孕了？

陆尧说，我是认真的。

朱老师说，好吧，我烟瘾挺大的，要不要慢慢来，从一天两包减到一天一包啊？

陆尧没有回微信，当时朱老师也并没有觉得这有什么大不了。这几天，因为接吻事件真正确定关系后，朱老师也是稍微有点飘飘然了。男人总是更享受攻城拔寨的过程，打下一座城后，要深爱一座城总是很难。朱老师这是懈怠了，却还是很喜欢陆尧，于是就有了接下来发生的事。

陆尧没有回微信，朱老师也没有去找她，她是圈里人，到剧组了，这儿熟那儿熟的，随便拉上一个人可能就要聊上好一会儿。朱老师在房间里眯了一会儿，金默来了。

北京一别，已有月余，彼此也都经历了很多，金默看朱老师，脸色滋润得像是返老还童，而朱老师看金默，深情憔悴，像是老了百年。

金默默默地走了进来，从行李箱里拿出三条烟，递给了朱老师，朱老师万分感动地收下了，放在了一边的梳妆台上。

朱老师说，金总如何了？

金默回答，都挺好的，你费心了。

朱老师说，我费心什么，回头等叔叔好了，我去看看他。

金默说，嗯，他应该也蛮喜欢你的。

朱老师说，你啊，到底还是来了吧！当时我给你她微信号的时候你就主动点，说不定现在你爸都可以抱孙子了。

金默说，急也是急不来的。

朱老师说，也是，有时候缘分是在不经意之间发生的。他想起了那天晚上在支教学校小操场上发生的事，在那之前，他对这份感情有野心，却没有自信。其实任何人对一份感情的忧愁都是源自不自信，人总是在爱上另一个人的时候觉得自己有诸多不好。

朱老师问金默，要抽烟吗？

金默说，我不抽烟的。

朱老师说，对啊，我给忘记了。

金默说，抽烟是不是可以开心点？

朱老师说，你不会抽烟就不要学抽烟了，反正要是学会了抽烟再想戒掉，就很难了。

两个人正说着，陆尧推门进来了。

朱老师手忙脚乱地将未抽完的烟递给了金默，金默也马上接了过来。

在陆尧的注视下，最后定格的画面就是，朱老师悠闲地看着窗外，而金默则是一脸困惑地拿着一根烟。

陆尧并没有说什么，她面带微笑地走了过来，金默来了啊。

金默点了点头。

陆尧走到金默面前，对金默说，你对我吹一口气。

金默有点吓坏了，他看了一眼朱老师，朱老师眼神里倒是有千万个意思，但是金默读不懂。

陆尧这时候已经逼近眼前了。

金默说，嫂子，这样不好吧？

陆尧说，来吧，不吹可能会不好。

朱老师这时候站了起来，好了，不要闹了，刚才我是抽烟了。

不过陆尧的注意力已经不在这上面了，她显然看到了放在梳妆台上的三条烟。

陆尧说，不要闹了？

要是金默不在，朱老师这时候是可以马上下跪求饶的，可是偏偏金默在，朱老师心中那股男子汉的傲气不知道从哪里就杀了出来。有时候爱情就是这样吊诡，你可以为一个女人去死，但你却不能因为一个女人在自己兄弟面前丢脸。

陆尧这时候也不再为难金默了，她选择了与朱老师正面开战，你怎么想的？我刚才与你说了这个问题，你就整了三条烟，什么意思呢？

金默连忙站起来解释，陆老师，这是我从机场带过来的。

陆尧点头，我知道是你带的。我就是惊讶，原来这个人的烟瘾那么重啊！

金默现在有点反应过来了，自己这次可能真的是撞在枪眼上了，但真正堵在枪眼上的，还是朱老师。

金默只能继续认真解释，陆老师，这真是我的意思，我匆匆忙忙过来，一下子也不知道要带点什么，在机场看到了，带一条也不好意思，于是我就买了三条。

朱老师不耐烦地叫停了，行了，我道歉。

陆尧冷笑一声，道歉归道歉，抽烟归抽烟，是吗？

朱老师说，这是金默送我的，你要我扔掉？

陆尧说，那倒不必，因为我伤害了你们兄弟的和气也不好嘛。你就说吧，之后你再被我发现抽烟的话，怎么办？

朱老师说，你说怎么办吧？

陆尧说，你自己想吧。

陆尧走了，之后自己开了一个房间，本来两人在剧组是打算心照不宣地睡在一起的，现在看来是不可能了。

朱老师显然也气得够呛，你说这个人，是不是疯子？

金默觉得有点挺没劲的，他突然想起了阑遇，之后自己与阑遇也会这样吗？不过更没劲的是，其实他也并不确定，首先自己与阑遇能到这样吗？

金默起身了，走了几步，又返回来，拿起了桌子上的三条烟。朱老师在后面叫，你别拿走啊。金默说，你就别演了，心里恨死我了吧！好好安慰陆老师，我去休息了，这烟，我就扔了啊！

朱老师说，浪费了这好烟啊！

金默说，不浪费啊，加深了你与陆尧的情谊，也加深了你我的情谊，这不是很好吗？

金默拿走了烟，这烟也只能他拿，送给朱老师就是一份情，朱老师怎么说也不能退还回去，不然这就是打金默的脸，也承认了自己是多么惧怕陆尧。

金默走出去又退回来说，老朱啊，我觉得你得好好珍惜。

朱老师说，珍惜当然要珍惜了，可其他都好说，怎么就不让我抽烟了呢？

金默说，不抽烟能死？

朱老师说，生不如死。

金默说，那你就是不够喜欢陆尧啊。

朱老师说，这两个事情是一个事情吗？一个是天上的飞机，一个是地上的火车，怎么就摆在一起说了呢？你听没听过一句诗，云在青天水在瓶，懂吗？每件事情都有自己专门的位置，为什么要混淆在一起，且产生你不怎样就是不够爱的结论呢？

金默没想到朱老师的怨气那么深，但真正的好朋友在这种时候是不应该顺着不理智的方向说的，而是要勇敢地去忠言逆耳。于是金默耐心解释，没错，云在青天水在瓶，它们是在不同的位置，可是它们在一首诗里面啊。你与陆尧本来也就是不相干的两个人，但现在你们两个是相爱的，云在青天，不也能化作水，水在瓶中，不也能变成云吗？

金默的这一番话，倒是让朱老师有些意外，你这是哪里来的歪理邪说？

金默叹了一口气，谈论别人的爱情，我们总是头头是道呗。金默走了，一边还哼唱着，天上风筝在天上飞，地上人儿在地上追，你若担心你不会飞，你有，你的香烟。

金默度日如年地在剧组待了一天，朱老师与陆尧都需要冷静，于是他也就没有去找两人，毕竟抽烟这种事并不是一件很为难的事。还是用那句话，云在青天水在瓶，瓶中的金默，也没有必要过多地去干涉天空中的两朵云。那三条不错的烟，金默想了想，还是送给了剧组的工作人员，也没必要扔了嘛。剧组真是透风的墙，也不知道怎么的，大家都知道这个帅小伙是阑遇亲密的朋友，于是这条烟也成了阑遇的人情。

阑遇到了上海之后，打开手机，没有等来朱老师发来的地址，反而看到了金默的留言。这个傻瓜，竟然一声不响地跑到云南去了，与金默一样，阑遇虽然有点小失落，但在内心深处还是很开心的。阑遇给金默发微信，那我就在上海玩几天，你也在剧组陪一下朱老师。之前你不是想做编剧吗，正好这几天感受一下。

金默回微信，我想马上回去，但是今天、明天都没有机票了。

阑遇说，我倒是可以回去，不过我想在上海等你。

金默说，好，你等我。

阑遇说，我在想，要不要先去看看你爸爸。

金默犹豫了一下，要不等我回来咱俩一块儿过去吧。

阑遇很乖巧，行，那我在上海逛一下。

喜欢一个人，到他的城市去，总会感觉不错。因为，他眼睛里的千山万水与广厦万千总是缥缈，但到他一直生活的城市去看看，就会恍然大悟，原来如此——因为这条路他也走过，于是明白了他某一天乍然而起的深情；原来这个小饭馆他也吃过，于是明白了那一刻他眼睛里的重重叠叠味；而因为在这个城市的高架上堵车，则会猛然原谅他那一天的不可理喻。总之，在上海待的这几天，阑遇突然发现，自己对金默的爱，不再是缥缈的盛大，而是虽渺小却真实动人。

与阑遇聊完之后，金默突然想到了一个问题，闻香怎么办？

如果去看父亲，带着阑遇，以什么身份？而不管以什么身份，他要如何面对闻香？

总不能一句话，现在阑遇来了，你退下吧。

金默知道阑遇并不知道这些，所以义无反顾地来了，而金默知道闻香是完全知道这些的，所以金默反而无法随性地将闻香丢在一边。

金默觉得自己要爆炸了，他其实很羡慕原来那个对闻香的好不闻不问的自己，那种心安理得的冷漠好过现在瞻前顾后的善良。

这时候突然有人敲门，金默觉得大概是朱老师来了，无论半夜是来诉苦，还是来炫耀，没办法，金默都得受着。结果打开门一看，是糖糖。

穿着睡衣的糖糖，脚上拖着人字拖。

剧组的酒店，走廊上来来往往总是人很多，可糖糖却无所谓的样子。最关键的是，金默刚刚差不多以阑遇的名义发了三条烟，这会儿就与另一个女演员，而且还是接替阑遇的女演员卿卿我我，怎么说都说不过去。

金默有些不自在地四处看了一下，糖糖自然注意到了，怎么，怕人说闲话啊？

金默嘴硬，我又不是你们组里的，我当然无所谓了，我怕对你影响不好。

糖糖说，那我可谢谢你了。

金默说，有事？

糖糖笑，你怎么一副拒我千里之外的态度呢？

金默说，之前我有意无意地讽刺你与我爸，我道歉，但我也绝不是故意绕过你去接触阑遇的。这部分钱，我愿意补偿给你。

糖糖说，行，有你这些话，这些事情也就过去了。

金默说，我没想到你还会演戏。

糖糖说，哦，我与导演沟通了，他没让我演戏，让我做自己就好了。

两个人又很干地聊了好几句，直到糖糖说，你不让我进去坐坐？

金默犹豫了一下，糖糖又补了一句，那你这是心虚。

金默说，进来吧。

金默在冰柜里找了两瓶啤酒，两个人坐下了。糖糖说，我想与你说个故事。

金默说，行。

于是在接下来的差不多一个小时的时间里，糖糖娓娓道来了她当年在街头书报亭对金默的惊鸿一瞥，以及之后绵延的思念，还有她去守候那辆车的种种。

糖糖说完，金默久久没有回过神，他看糖糖这个样子，以为她又有什么鬼点子，或者还是抓着那件事不放想再来讹诈他，他实在是以小人之心去度了别人的一片深情。

金默不知道怎么回答，甚至都不知道要怎么回应这番话。他是真的有点诧异，别人对他的深情，他不是没有感受过，比如闻香，那种深情，一直在身边，他虽迟钝，终于也是一点一滴地感受到了。金默殊不知，在闻香的这份深情之外，竟还有一份深情，而且还是来自自己一直有一些敌意的糖糖。

金默还在沉默中，一脸惆怅的样子，糖糖站了起来，拍了拍金默的肩膀，好了，你不要一副满脑子都想着如何组织语言来拒绝我的神情，虽然这还怪可爱的。

金默于是也傻乎乎地站了起来，糖糖变得严肃起来，金默啊，你放心好了，我已经不喜欢你了，我就是很想把这些说出来，不然我费了老大劲儿地爱过你，你还不知道，这才吃亏呢。

金默还是不知道说什么，脸上依然是一副歉疚的表情。糖糖说，金默，你喝过酒吗？点过蜡烛吗？

金默木讷地点了点头。糖糖说，那就好了，再好的酒也会喝完；蜡烛很香，但是也会烧掉。我对你的那种喜欢，听起来很感人，但是与一杯酒、一支蜡烛是一样的，没什么大不了的，酒干了，火灭了，就那样呗。

金默释然了，遂又想起了什么，他问糖糖，是不是爱情都是这样，只是酒杯大小而已。

糖糖说，我说的只是我对你的喜欢，有些喜欢，你还是要珍惜的。

糖糖似乎有所指，似乎只是解释清楚自己的喜欢还好而已，说了最后这一句话。她大概不会想到，自己说的这句话，像是一道魔咒，钻入了金默那早已不再那么铁石心肠的缝隙中，并且在那缝隙中张扬出自己的一番天地来。

糖糖离开了，她是潇洒的，爱与不爱都是轻快明亮的。反而是金默，看似游子，却在某一日被戴上了紧箍，再没有那么自在了。金默很羡慕糖糖，人大概都经历过这样的时期，最在乎自己的感受，爱就狠狠爱，不爱也没有什么负担。可是很奇怪，人也总会慢慢长大，长大有时候并不是一个代表进步的词汇，长大有时候也代表着束手束脚，也代表着步步惊心，也代表着变得善良，开始站在别人的立场上思考问题，开始尽力成为一个好人。这些向着美好品质靠近的过程，其实也是折磨自己的过程。

金默突然就很想很想回上海，他查了一下，可以坐大巴到昆明，昆明第二天还有飞机到上海。金默给朱老师留了一张纸条，有时候爱情就像是一根烟，不要因为一根烟而浪费了这根烟的滋味啊。金默不知道朱老师能不能看懂这句有些绕口的话，但他写这个是与朱老师分享心得，更是警示自己。

其实那天晚上，朱老师已经与陆尧睡在了一起。陆尧发过火后，专门开了一个房间，等着朱老师来哄，朱老师也去了。陆尧还是气哄哄地问，你来干吗？

朱老师此时只能厚着脸皮回答，我来哄我的老婆呗。

陆尧说，别废话，说点实在的，烟怎么办？

朱老师说，都听你的。

陆尧说，是吗？

朱老师说，是。

陆尧说，那好办，很简单，以后你抽一次烟，就罚款一万元。

朱老师几乎都没有犹豫，行！

陆尧说，你心里大概是觉得左口袋出、右口袋进吧？我告诉你，不是的。这一万块是要捐出去的，捐给小动物保护协会。

朱老师显然面色有点难看了，不过这难看马上被他自己压制下去了。朱老师咬了咬牙，行，随便你怎么开条件，我都能答应，因为我是真的不抽了嘛。

陆尧说，写下来。

朱老师欢脱地点头，好啊，没问题。

于是在金默写下那张纸条的同时，朱老师也正在为绝不再抽烟而写下字据。

而当金默把纸条塞进朱老师的房间里的时候，朱老师正在陆尧的床上。金默叮咛了美好，人家正在享受美好。

第十章

○　　爱，由不得；不爱，是自由的。

金默终于回到了上海，金默也终于再次见到了阑遇。

金默告诉闻香自己要回来了，也告诉了闻香阑遇在上海。闻香很聪明地告假说这天有点事，就不能去接金默了。而有一次金默从郊区回来，正是闻香奶奶的七十大寿，闻香也还是去接金默了。

阑遇出现在接机口，这让金默觉得意外又自在，阑遇的脸上终于绽放出了那种踏实、热切的笑容，她的眼神里也有欣慰和惊喜。这样的小别、这样的等待、这样的交换空间后，终于，她不再在眼前挂一卷珠帘，挡住她眼睛里的千言万语。千言万语自是不必说出口，但是之前无法看见她眼睛里真正的秘密，金默只能在心里画下许多问号。

直到今天，互望一眼，冰雪消融。两个人的深情都放在了眼神里，因为金默走近阑遇的时候，两个人的身体还是陌生的，不能像一旁的情侣紧紧拥抱。

阑遇干巴巴地想到一句话，没想到没有延误呢。

金默倒是上道了，毕竟我归心似箭啊。

阑遇说，要我帮你拿行李吗？

金默说，怎么也不会让女生来拿行李啊。

阑遇说，可是你都让我跑过来看你了啊。

金默这才发现自己傻乎乎的已经掉进了阑遇的圈套，只好说，好吧，那我道歉。

两人走到地下停车场，阑遇已经叫了一辆车，上了车，阑遇问金默，先去哪里？

这倒真的把金默给问住了，阑遇这样问，并不是发难，而是真心实意地想听从金默的安排，她其实是一个看似温婉其实内心异常强硬的人，平时很多事即使没有做主张，但也并不愿意听从别人的指挥，而如果别人硬要指挥，阑遇会偏偏选择相反的方向！

而现在，阑遇心甘情愿，而且还有些欣喜地愿意听从金默的意见，虽然她抛给金默的是一个难题。阑遇都过来了，要不要见父亲，应该是要见的，但是见面的话，以什么身份呢？对父亲来说，他真的慢慢适应了闻香就是自己的儿媳妇这个事实，这时候说出真相对他会不会有打击呢？而对闻香而言，即使事先说好了是假戏，可自始至终，情都是真的啊。这时候带阑遇去，卸磨杀驴、过河拆桥，现在的金默并没有那么容易就做出来。

金默问，对了，你现在住在哪里啊？

闲遇说，我在静安寺那儿找了个酒店。

金默说，哎呀，这可不行。来上海了就应该住在外滩啊，我重新帮你订一个酒店吧，然后你搬过去。今天有点晚了，明天我再带你去看我爸，如何？

闲遇说，好啊，听你的安排。

金默发微信让八喜去订外滩的悦榕庄，然后他发微信给闻香，在吗？晚上可以与你聊聊吗？

闻香很快回了微信，好啊，我正好也想找你聊聊。

八喜私下问金默，要开什么房间呢？

金默说，最好的呗。

八喜说，啧啧啧，看来你小子要把闻香给办了啊。

金默愣了一下，如实回答，不是闻香。

那是谁？

是一个朋友。

八喜有点不开心了，金默，闻香对你那么好，你不会是要在外面七搞八搞吧？

金默说，是给朋友订的。

八喜说，什么朋友呢？

金默有点不耐烦了，你订不订？

结果八喜像是报复金默一般，还真就给他订了一个总统套房，临江全景大房。金默简直是咬牙切齿地刷的房费，毕竟他还是没有那四十个亿的使用权啊。

推开房门，阑遇也不由自主地惊叹了，此时外滩还未熄灯，江边林立的高楼通体发亮，每一幢都像镶嵌了无数钻石，江上游船点点，空中偶有飞艇，更见整个上海灯火连天。而站立在这样的盛景前，也便似在这样的盛景中，阑遇不由得心潮澎湃。促成这样心潮澎湃的，不仅仅是盛世美景，更是因为她此刻是在金默的注视下，是在金默的爱的沐浴下，才有足够的心情去感受这个世界的美好。

金默就站在阑遇身边，说实话，外滩的景色他也是从小看到大的，可是这次却不一样。因为金默所看到的美景里，也有阑遇的目光，这一层目光，就像是给一切景色再镀了一层金。

阑遇小女孩一般地在房间里转了转，金默，你这是要干吗啊？

金默说，好好招待你啊，看你们在剧组住的也不怎么样。

阑遇说，那是因为我咖位不够，如果在上海拍戏，一线大牌一定也是住在这样的地方。

金默说，你现在已经住了，说明在我们的戏里，你已经是一线大咖了。

阑遇问，我们的戏，什么戏呢？

金默说，就是我们两个之间的戏啊。

阑遇说，我们的戏？导演呢？制片人呢？合同呢？

金默一愣，反应过来，阑遇的玩笑带着不开心了，是啊，"我们的戏"，这种话说出来容易，却也容易叫人伤心。

阑遇说，我知道你有钱，但你也不用这样浪费吧。

金默说，我也知道我有钱，可是此时此景，是再多钱也买不来的啊！

金默说完这句话，阑遇忍不住就哭了，她不是没有听过，至少在剧本里也读过很多情话。她也听一些老谋深算的男人和一些幼稚的男孩说过，你想要什么，我都可以买给你。这种话，并不会打动阑遇，可是金默说他买不起此时此景，而他们就身处在此情此景中，这反而让阑遇很是动容。因为买不起的是最难得的，最难得的是求不来的，是有多幸运，他们才可以身处一份买不到的美景里。

只是今晚注定不能圆满，因为金默没有打算留下来，他还有事情要处理，那就是闻香。

当然，阑遇也并不会留下金默，即使金默想留下。她爱金默，所以她有自己的矜持。

金默说，今晚我先回去，明天来接你。有任何事情，你记得打我手机。

金默又补了一句，以前我手机都是静音的，现在我调成了最大铃声加振动。

阑遇说，我前阵子担心你半夜打电话来我听不到，就把手机放在了地板上，开了振动。

原来在自己以为的那些无情里藏着这么多今天才知道的深情，金默只能自嘲，可是我们谁都没有打给谁。

阑遇说，不打才好玩啊。

金默说，也是，不打会在心里想，什么时候能打电话过来啊。打了会在心里想，什么时候结束啊，好累，想睡觉呢。

阑遇大笑，对对对，就是这个道理！

其实，金默是依依不舍的，今天他要硬留下来，也是水到渠成的，可能阑遇其实也并不希望他走吧！可是金默对阑遇所期望的，并不仅此一次，而是之后的所有日子，所以他一定要与闻香好好沟通，一定要告知父亲。他对阑遇的这份爱要郑重其事，就要爱得毫无心事，至少这心事不是来自另外一个女人。

闻香发短信过来了，我在酒吧，你忙完了过来，不急。

金默终于下定决心告别，明天见。

阑遇轻快地关上门，好了，你快走吧，我要泡澡了，毕竟泡澡、喝红酒、看外滩夜景，实在是难得。

而等真正关上了门后，阑遇靠着门，突然泪如雨下，有开心，也有不开心。

金默心事重重地去找闻香了。

他想了许多，其实他对闻香的这份爱是有深情厚谊在的，你可以不爱这个人，但是你却无法真正忽视一份真诚的深爱。对一份深爱尊重，也是对自己所面临的爱情尊重。

如果闻香只是一味深情，那不接受就是一种交代。而闻香却自己退了一步，她真诚地扮演金默的女友去抚慰他病中的父亲，却又并不因此要挟或者邀功，这让金默无法再用杀伐决断来应对她。

同时，金默还知道，元宝与八喜也一直在观望这份感情，他知道他们一直以来的迁就，正在于他归根结底还是一个好人，而现在，他因为阑遇的到来，要生硬霸道地换掉闻香，这件事实在可以让他被唾骂。

他至少应该有勇气去面对闻香，去陈述，去道歉，去感谢。

如此想过后，金默推开了酒吧的门。

闻香大概是在同一秒钟抬头望来，就像金默在机场撞见闲遇的眼神一般。眼神无法说谎，她是那么爱他，她是那么爱他！

金默在闻香面前坐下。

闻香说，今天我们不要喝酒。

金默说，你想喝我陪你喝。

闻香说，攒着吧，过几天喝我的喜酒。

金默有点没反应过来，啊？

闻香说，我与吴忠全打算结婚了，下周，你一定得来。

那天晚上，金默忘记了闻香是什么时候走的，也忘记了自己到底喝了多少酒，如果不是醒来后看到烫金的请帖，金默会觉得这是一场梦。

一周后，闻香将要嫁给吴忠全了。

请帖上还有闻香与吴忠全的漫画小人，两个人靠得很近，似乎很幸福的样子。

金默是被元宝与八喜架回去的，元宝与八喜用冷水将金默泼醒了。

两个人用少有的凶恶的表情质问金默，是你逼的吗？

金默笑了，不是。

元宝说，金默，我们几乎从小玩到大，什么事我们不由着你来。我们觉得你开心就好，反正我们也不知道我们为什么要这么傻逼，可是这件事情，你真的不觉得自己有点过分吗？

面对两个好哥们儿的责问，金默真的开始怀疑，是不是自己指使闻香与吴忠全结婚了。

可是，并没有。

不用去回忆，因为如果金默还是那样的金默的话，他根本就不会有这么多烦恼了。

金默抬头看着两个好兄弟，我没有逼她，也没有暗示她。

元宝说，那你与阑遇怎么回事呢？为什么要告诉你爸你与闻香是一对呢？

金默说，这是我不对，当时我只想着我爸了，没过多考虑闻香的感受。

说完这句话的时候，金默突然觉得眼前一黑，大脑里有个巨大的声响炸裂开来，很疼。金默过了好几分钟才反应过来，应该是八喜或者元宝结结实实地揍了自己一拳吧。

金默感觉有滚烫的鼻血流了出来。这一拳打得好啊，可能连金默自己都觉得该打。

元宝与八喜何曾没有去问闻香，但也问不出个所以然来，他们自己也有点疑惑，这一次到底是金默授意，还是闻香执意。

总之，婚礼就要来了。

第二天，金默去找阑遇，阑遇自然发现了金默脸上的伤痕，询问他怎么了。金默想起了糖糖，也许有时候把事情说出来会比较好。

于是金默就花了差不多一个下午的时间，把自己与闻香一路走来的事，一一说给了阑遇听。这大概是勇敢的，因为到最后，金默到底还是承认了这份深情。这大概也是一种懦弱，因为他已经没有那种不管不顾的勇气了。这些对于他与阑遇的感情而言，不过是道德上的一种桎梏，甚至都不太算得上，而金默却没有足够的勇气去砍断。

金默通过自己的讲述才明白，原来他对闻香的好记得那么清楚，有时说出一个细节来，当时的他根本没有在意，也没有任何回应，但是多年之后，对着另外一个女人说起，金默竟捕捉到了时光里闻香那一瞬间的温柔。那种温柔，可能自己都没法想到，历久弥新，终于还是能够抵达金默的心间。

金默说，那天闻香问我，是不是无论如何，我都不会喜欢她，我就告诉她，是的。然后她就告诉我我爸生病的事，那会儿我不知道你的心意，我也挺心灰意冷的。闻香说，既然你无论如何都不会喜欢我，那我可以假扮你的女朋友，给你爸一点安慰，我就答应了。当时我们两个，似乎处于一种奇怪的较劲之中。我不愿意开口说话，你也不愿对我说什么，即使在机场相遇了，我们也像是路人。说实话，那时候我心里挺没谱的。

沉默了一下午的阑遇，这时候突然问了一句，你是不知道自己到底喜欢不喜欢我，还是不知道我到底喜欢不喜欢你呢？

金默想了一下，说，我都不知道。

阑遇叹了一口气，金默，谢谢你的诚实，可能当时你真的就是这样想的，只是你这样说，真的很不会谈恋爱啊！

金默说，我就是想把我内心的真实想法都告诉你。

阑遇说，嗯，我全都知道了，现在我只想静静。

金默说，好，我给你时间。过几天闻香要结婚了，我得去祝福，然后我再来找你，好吗？

阑遇说，好，你先好好忙自己的事。

金默说，无论如何，闻香都算是我最好的朋友，她帮了我那么多，她的婚礼，我是一定要去的。

阑遇笑，我没说不让你去她的婚礼啊。

金默尴尬了一下，说，我是想说，我们去见我爸的事，等她婚礼后再说好吗？

阑遇说，好啊好啊，这么快就见家长，我也有点紧张呢。

这一年，金默尚且还不到三十岁，对一个男人来说，是真的太小了，尚且幼稚。这个世界上的很多事情，放一放，自己就有修复的功能；过几天，待一阵，自个就圆满了。成熟就是等得起这一拍，而幼稚就是非得在那个缺口上注入自己的力量，而自己的力量反而因为不够浑厚而且还尖利，于是将事情弄得更加无法修复。

阑遇说了，他真的很不会谈恋爱。是啊，诚实、自以为是地顾全所有人的感受、追求完美，这些看似很美好的品质，其实在一份恋爱里来说，并不美好。

闻香马上要结婚了，新郎却不是金默，这件事怕是瞒不住父亲的。而金默鼓足勇气想要告诉父亲的时候，父亲的病症突然加重了，转移去了重症监护室。

金默于是开始两头瞒，一边要瞒着父亲，闻香明天就要结婚了；一边还要瞒着闻香，父亲的病势并不太见好。

八喜与元宝也开始相信这不是出于金默的本意，加上金父的病情，两人重新回到病房后，对金默也没有过多言语，一人拎着一袋子水果，算是对金默的歉意了。几个人在病房外看着病床上的金父，都不知道该说什么。之前父亲的病快要好起来了，金默甚至都不觉得这是个事，反而觉得是有机会享受天伦之乐、兄弟之情了。而现在，从医生下达病危通知单那一刻起，金默突然感觉到了某种东西的逼近。以前他看到过一句话，说在这个世界上，父母是一道墙，父母在，你就始终在一个安全的结界里，有一天父母不在了，你才会真正感受到这个世界的寒意。金默此时，就感受到这堵墙，正在慢慢倾倒。原来觉得很多苦、很多委屈都不算什么，因为即使父母没有正面帮你过滤阻挡，你也始终觉得背后有一股力量在，而当上天要把这股力量抽离后，金默才觉得四顾苍茫。

父亲的情况稍微好转，金默去床前陪着，父亲并没有问闻香何在，只是叹气，想看到你们婚礼难喽。

金默只能安慰，爸，你好好养病。你一定会看到婚礼的。

金默忙了好几天，给阑遇发微信，阑遇，你再给我几天时间。

阑遇回复，你先整理好自己。

金默说，如果你觉得无聊，我让我朋友陪你？

阑遇说，放心，我自己能解决。

金默就没有再去坚持，他想的是明天的事。闻香可真够狠的，喜欢他十多年是狠，而两三天时间就可以让自己嫁出去也是狠。对金默而言，伴随十年与决然抽身离去，冲击是一样的。

一个人如若不爱了，真正放下了，也就放下了，反而是被爱的那个人，被突然通知"对不起，我不喜欢你了"的时候，并没有那么轻松。有人会说，那你喜欢的时候怎么不好好珍惜呢？其实正因为珍惜了一份喜欢，才会觉得怅然若失。当然，你能解脱是好事，可是，为何爱是你，不爱也是你？在这场追逐与放弃中，到底谁才是受害者？

金默失落了一会儿，突然又惊觉，闻香怎么会不喜欢自己呢？自己怎么可以看低了闻香的爱呢？闻香问清楚了自己绝无可能，才去扮演了假情人给父亲以安慰，而闻香如此决绝地嫁给吴忠全，岂不是同样在自断生路，给金默与阑遇以生路！

金默岂能以一己之私利，接连伤害了一个人那么多次！

他想马上去找闻香，又突然明白过来自己是那么了解闻香，闻香是绝不会改变主意的，她如果能改变主意，那也早就放下了。金默也明白，闻香绝不是恶心他，如要报复金默，她有一千种方式，何必选用这种"杀敌一千，自损八百"的方式呢？所以金默去找闻香并没有什么作用，他得去找吴忠全。

去找吴忠全，把闻香的真实想法告诉他，任何一个男人都忍受不了自己被当备胎吧。闻香当然可以不喜欢金默，但是闻香不能这么草率就把自己嫁了。

金默就是带着这样的想法去找吴忠全的。

第二天就是婚礼，闻香似乎准备妥当了一切，可吴忠全正在家里发呆。吴忠全是金父的贴身司机，向来也是住在家里的，现在金父生病，吴忠全除了去看望陪护，空闲时间就是在家里。家里还有一个保姆准备吃的，给金父。

金默向来是一回家就直接回房，与吴忠全并没有太多交集，吴忠全也并不觉得很奇怪，而今天金默一本正经地坐在吴忠全面前的时候，吴忠全略微有点意外。其实也并不意外，毕竟明天他就要与喜欢了这个少爷十五年的女人结婚了。

金默拿出一块表，放在了吴忠全的面前，金默说，这是我十八岁的时候我爸送我的，我也不懂表。我爸这阵子生病，也没空给你准备礼物，这个送你，当作你的结婚礼物吧。

吴忠全看了一眼表，他也不懂表，两个都不懂表的人，反而可以把关注点真正放在事情本身上，不然面对一块价值七位数的表，可能彼此都不会那么平静。

吴忠全说，金默，除了祝福，有什么事你就直说吧。

金默说，你能照顾好闻香吗？

吴忠全说，可能你们公子哥觉得照顾好一个人就是让他毫发无伤，可是对我来说，照顾好一个人就是我自己拼尽全力。

金默说，是，你觉得自己拼尽全力听起来很美好，很能打动人，可是如果拼尽全力也无法对抗她所遇到的困难呢？保护闻香的是绝对值，而非百分比。

吴忠全笑了，是，我永远没有四十个亿的绝对值，但是我有一份心的绝对值。金默，你可能永远也不会明白这两个之间的不同。

金默有点生气了，我不是一个物质的人。

吴忠全说，物质不物质都无所谓，重要的是你能明白别人的一颗心吗？

金默几乎是大叫了，我明白，正因为我明白，所以才来找你。

吴忠全不动声色地问，你明白了什么？

金默回答，我明白了她的心。

吴忠全说，你是不是明白了她是那么爱你？

这句话直白得让金默的脸颊有点烫，可是没错，正是因为她那么爱自己，自己才要郑重其事地对待她的爱。金默说，对，所以我其实并不是很赞同她这么草率地把自己嫁出去。

吴忠全并不生气金默这样说，他反问金默，那怎么才算是认真负责地把自己嫁出去呢？

这句话把金默问住了。吴忠全又问，那你如果真的很看重她，你会娶她吗？

金默说，我可以娶她，可是我不爱她，这个由不得我。

吴忠全说，那就对了，爱，由不得；不爱，是自由的。金默，她是很爱很爱你，但是人需要爱，也需要自由，你真的明白她的心吗？你是很重要，但是你又一点都不重要，她需要自由。你已经枪毙了她的爱情，你还要剥夺她的自由吗？

金默沉默了！

今天他一腔热血来谈话，是觉得自己也算是一个英雄，可是有一点他确实没有想到，他太看重自己了，也太武断地觉得，没有了爱情，闻香就不能存活了。而其实，这个世界上这么多人，这么多情侣，但又有多少份爱情呢？如闻香爱金默而不得者，应该有许多，这些人怎么办呢？也应该认真平凡地活着。

闻香得不到爱情了，得到一份被爱，找到一份自由，求一个靠谱的肩膀，不行吗？

金默在心里如是问自己，他没有底气了。

许久，金默说，如果这是她自己的选择，我当然支持她。

吴忠全说，没有人逼她。

金默说，可是我很害怕她心里委屈。

吴忠全说，我知道你担心她这样做还是为了你，你觉得这对她不公平，但是，她求，你不给；她舍，你真的不应该再拒绝她了。

金默说，求，她是真的求；只是她舍，是真的吗？

吴忠全，如果是真的，你如何？如果是假的，你又如何呢？

金默敲了敲桌子，你给我一根烟吧。

吴忠全推了一包烟过去。

闻香的婚礼，简单，却不失大气，宾客不多，但都是至亲好友。吴忠全还是一贯的黑色礼服，点缀了一朵红色的玫瑰。有些男人生命里会遇到红玫瑰与白玫瑰的选择，比如金默，而对吴忠全来说，他选择了不去选择，喜欢闻香，得与不得都是欢喜。吴忠全明白闻香心里有金默，于是他更感动，觉得闻香在这样的情况下能选择自己，是一种信任。有时候信任与爱是等同的，甚至信任要比爱更为重要。

吴忠全愿意等待闻香自己把金默一点一点搬出去，而他也明白，金默每出去一点，腾出来的空间，就是自己的位子。他并不想与闻香深爱过的一个人在时空里掰手腕，没必要，他不争输赢，就不会输；他不计较得失，就不会失。

所以新郎站在台上，看着新娘款款向自己走来的时候，只觉得自己无比幸运。

而就在这时候，金默推开了礼堂的门。

与很多电视剧里上演的画面一样，所有的目光都聚焦在了金默的身上。金默西装皮鞋，一身荣光，一脸骄傲。

闻香与吴忠全也在台上驻足了，望向金默。

有人发出低低的起哄声。

金默不带犹豫地走上了台，站到了闻香旁边。吴忠全脸上并没有什么表情，显然，这并不让他意外。

金默的突然出现让司仪有点不知所措，而在场的几乎所有人都知道闻香是一直喜欢金默的，而且，吴忠全不过是金默家里的一个司机，如果金默是来抢婚的，应该也有不少人会在心里喝彩，这中间应该就包括元宝与八喜。

司仪给保安递眼色，却被吴忠全示意拦下了。司仪脱了干系，一副"你们开心就好"的表情。

金默拿出一串项链，递给了闻香，闻香接过项链，她问司仪要了话筒。

闻香的声音是很平静的，大家好，想必大家都认识这位帅气的小哥，我最好的朋友，也是我的冤家，金默同学。其实刚才我就一直在奇怪，他怎么不来？本来我就准备了一些话想对他说的。谢谢你啊，金默，不然我准备了那么多话，就浪费了呢。你看，主桌上还有一个位子给你留着呢，你坐那儿，我说给你听。

闻香就是这么大气，至少先把人给请了下去，台上有两个新郎，这不是一件好事。

金默在位子上坐下了，看着台上的闻香和吴忠全，他之前很难想象得到，有一天，当闻香有一件这么郑重的事情的时候，自己竟然不是主角。而当自己眼睛里有那么多话要说的时候，闻香竟然不再像之前那样奉若神明地在乎了。这种不在乎，是之前的金默一直想要的，而真正发生的时候，金默却也真正体会到了"无可奈何花落去"的感受。

闻香说，我与金默，从小一起长大，相爱相杀，这么多年了，吵吵闹闹中我们都长大了。我以前还想过，我们两个到底谁会先结婚呢？没想到是我提前了。提前就提前了吧，毕竟婚姻也不是一件容易的事，我去蹚蹚这条河，摸着石头过河，回头我把石头给你啊。从小到大，很多事情因为有你在，帮我做了决定，对我来说，真的很幸运，因为你说什么，我就做什么，要知道做选择对一个人来说，是多么多么难！我跟在你后面，真的觉得很知足，但是这条路，我要自己走了。我也想自己走走看，虽然我知道这一辈子有什么事你都会站出来帮我，但是我后来也觉得，我一直黏着你，也是一件很自私的事，所以我想嫁人了。我嫁给了别人，但我还有你，真的好棒。我想，以后我被欺负的时候，你再来像之前那样帮我，好不好？

闻香说的话，大概只有金默才能听懂，全是反话；只有金默才能听明白，这里面有比字面意思还要多加千倍万倍的深情；也只有金默能听明白，闻香另外想说的就是，金默，这一次我是认真的，即使你今天带着这样一条价值连城的项链来，即使你抢婚，我也不会再答应你了。

不是那种，我放弃了，而是对于人生，我选择了进取。

对不起，即使我很爱很爱你，但是我要嫁人了。

如吴忠全说的，对闻香来说，爱情这一仗，她输了，但是关于人生，她是可以找回自由的，她几乎是在请求金默，放她自由。

闻香说完话，金默站了起来，他说，闻香，我们现在能合个影吗？毕竟这个殊荣一定要给我。

闻香点了点头，当然可以。

金默跳上了台，他人生第一次，可能也是唯一一次抱住了闻香，是新郎吴忠全按下的快门。

婚礼继续进行！

昨天晚上，他与吴忠全商定，如果今天他过来，闻香动摇了，那就不要结婚。

吴忠全说，好。

于是才有了今天的这一出。

但是吴忠全也问过，如果她真的动摇了，你娶吗？

当时金默没有回答，幸亏今天闻香没有动摇，不然，他，娶吗？

金默看着手机里的照片，像是他与闻香结婚了，真好，他要把这照片拿给父亲看。然后他要打电话给阑遇，一切都搞定了，接着他终于可以，全身心、无牵挂地与阑遇恋爱了。

金默并不知道，自己上台搂着闻香拍照的那一刻，阑遇正好也赶到了现场。

就是那一瞬间，金默放下了心里的枷锁。

而当金默准备开车去医院后，再去找阑遇的时候，阑遇已经从酒店离开了。

金默欢天喜地地给阑遇打电话，阑遇并没有接。

金默在心里想，这家伙，肯定又睡了过去，那我就给她一个惊喜吧。

他没有察觉到口袋里沉甸甸的，是闻香把项链偷偷塞了回来。

金默陪父亲聊了会儿天，父亲看着照片很开心，他紧紧握着金默的手，洞房花烛夜，你还是去多陪陪老婆吧。

金默说，好。

金默要走，父亲突然说，金默。

嗯？

你知道我人生中最开心的两个夜晚吗？

洞房花烛夜，金榜题名时。

父亲说，结婚那天当然是，还有一个就是你出生的那天。以后你做了父亲，就会明白成为父亲的那一刻，我是多么开心！

金默站在那儿，看着瘦削的父亲，一时间百感交集，他对父亲说，回头你当爷爷了，也再开心一次！

金默觉得今天与父亲的聊天很温馨，走在走廊上的时候，他心情大好，而当一群医生、护士步履匆匆地从他身边跑过的时候，金默并没有反应过来。直到父亲病房急救的铃声响起的时候，金默才反应过来！他觉得胃里有一双手猛地一拉，一瞬间，金默觉得自己喘不过气来了，他在许多杂乱的脚步声中，突然无法动弹。

他似乎听到了婚礼上那些欢乐又有些哀伤的音乐。婚礼，特别是闻香的婚礼，大概就是这样的吧。而死亡这件事情，对于离开的那个人来说，也许在哀伤中也有欢乐吧。可对金默来说，这两场猝不及防的单方面的告别，实在太过残忍。他明白闻香内心深处是多么眷恋他，他也明白父亲对这个世界、对自己是多么热爱。

可是他们的这种爱，现在只能盛放在金默的心底了。他们真无私，爱得那么浓烈；他们也真自私，把爱寄存在金默这儿，这份爱就不会消亡了，可是他们难道不知道，这份爱给金默带来了无尽的伤痛。

父亲去世后，金默还是没有见到母亲。

不过金默觉得自己能理解她，既然放下了，那就放下吧，也不需要假意惺惺地忧伤。父亲也一定不愿意她被当作怪物一样，让一群平日不太走动的人围观，她也并不需要那些无聊的安慰。

只是金默收到了母亲的一封信和一张支票。

母亲的信如是说。

金默，原谅妈妈不能前来。我很难过你失去了父亲，我失去了这个世界上我唯一爱过的人，但是妈妈不想让你看见我难过，妈妈也不想看见你难过。这一段时间，妈妈一直在外边转悠，孩子，这个世界真的很大。妈妈出发的时候，很不开心，但妈妈现在不是很难过。

妈妈很自私，没有尽好一个妈妈的责任。我应该用更多时间去陪伴你，可是妈妈又知道，在你这个年纪，需要自己去拼、去闯，你所能认知的世界，一定比妈妈认识的还要大，妈妈希望你能多去感受。妈妈之前觉得你应该成家，想想自己，就没有给你一个完整的家庭。你爸给我也留了一笔钱，我留了一点，更多的还是给你吧！以前我觉得，这么多钱给你，会害了你，后来想想，害你，其实也是帮助你，就看你自己的造化吧。

你选自己的姑娘，过自己的一生，妈妈才会觉得开心。

在父亲离开后的半年里，金默几乎每天都需要看一遍这封信才能入睡。

这半年的时间里，金默自然而然地接手了家族企业。

他可能真的不适合做一个编剧，因为做金总去管理的时候，金默突然觉得得心应手。他对数字没有太大的感觉，但他能感受到父亲对这个企业的爱，也能感觉到这个企业里每个人对父亲的热爱。带着这份爱，感知这份爱，也因为有吴忠全与闻香的帮助，金默非但没有让企业走入歧途，反而使其蒸蒸日上。

闻香很幸福，每个人大概都有属于自己的幸福，而幸福的到来却需一次很有种的选择。

哦，对了，糖糖一不小心找到了自己的归属，成了一位还算不错的演员。

只是阑遇如那个关机的号码一样，似乎从这个世界上消失了。

金默拜托过朱老师与陆老师，可即使是陆老师，也真的不知道她最好的闺密去了哪里。陆老师即使把自己与朱老师的结婚请帖发到阑遇的邮箱，也并没有得到任何回应。

有一天，金默想起来给朱老师打了个电话，问朱老师在干吗。

朱老师说，带两个孩子去买东西呢，下半年要上小学了。

金默说，所以你要做专职奶爸了吗？

朱老师说，也不是，但是陆老师最近想写一本小说，我就管管孩子喽。

金默说，真好。

朱老师说，回头孩子交不起学费了，你要借钱给我啊。

金默说，行啊，多少？

朱老师笑了，这么爽快啊？

金默说，朋友嘛！

朱老师笑了，四十个亿。

这回轮到金默笑了。

朱老师说，还没有她的消息吗？

金默说，嗯。

朱老师说，你也不满世界地去找。

金默说，有空你来上海找我玩吧。对了，婚礼是真的吗？

朱老师说，先谈个十年八年的吧，结婚太不好玩了。

金默何尝不想放下这一切去寻找她，也能放下，但是他心里却始终觉得，他要寻找的，不是她，而是他自己。在这之前，阑遇给了自己无数次机会，自己总觉得这里没有准备好，那里没有收拾妥当，总觉得还没有到最好的时机，于是总想等等再去。

也许结婚是需要一个时机，可爱不是啊，爱就是在那种最无助的时刻升腾出一种因你而起的希望，爱就是那种最疲惫的时候还有许多为你的力气，爱就是那种永远觉得自己糟糕不够好的较劲，爱就是那种觉得如此美好的你为何会选择我的不可思议。

金默所觉得那种还差一点就可以教堂牵手的坎坷，其实，就是爱本身啊。

阑遇也曾打趣过金默，你呀，真是不会谈恋爱。

事后想起来，那时候是真的不会，但却已想会恋爱。

阑遇大概并非是赌气出走，而是在耐心等待一个男孩的蜕变。她下注了这份爱，觉得在这过程中，金默并不会变心，而自己，也有足够的定力去等待。

她其实并没有走远，这个时代，哪有寻而不得，只有等不及。

金默的集团里大概有几千名员工，金默有时候空闲了会去翻看一下员工的个人资料。吴忠全告诉金默，以前老金总在的时候，几乎每个员工，他都认识。于是金默每天空下来的时候，就会翻翻员工资料。

有一天，金默突然看到了一个熟悉的名字。

金默点开了她的资料，大概是半年前入职的。

这家伙！

金默并没有特别激动，只觉得恰是良辰。

金默给她发了一封邮件，原来你从未离开啊！

过了一会儿，金默收到了她的回件，是啊，我想要你来负责我以后的社保，你拖拖拉拉的，我就自己来了。

金默说，他们会不会觉得我是利用职务之便啊？

她回复说，想什么呢？你得好好追一追我，我才能答应。

可是，朱老师他们都两个孩子了。

不管，再说，那是历史文化遗产。咱们先不要想孩子，先像个孩子一样不好吗？

嗯，爱一个人很男人的方式，大概就是把她保护得像个孩子。

后记 一

谢谢你曾陪过那个不会谈恋爱的我

在我写小说更差劲的那些年头，有读者买了我的书，给我留言说，你的后记最精彩。其实我看很多朋友的书，也都有这样的感叹，可能后记里多了一些真情实感，小说里则在卖弄文笔与技巧，而我慢慢发现，技巧是最难打动人的。技巧盛放了真情，是会写；真情没装上技巧，也动人；技巧搭配了假意，惹人嫌。

所以我的这本小说，感觉有点扬扬得意地说自己不会谈恋爱，就是因为觉得，我尚有真情，只是没有套路；笨拙地去爱一个人，也算得体。这是一种题解，还算温暖。

另一种题解是，我不会谈恋爱了，因为我不再相信爱情了。不相信爱情，其实还好，一个人有一个人的精彩。但是不相信爱情，却还依赖另一个人……这个世界太坏，所以不敢再爱；这个世界太坏，所以不敢一个人前行。不会谈恋爱的我，却还拖累着一个也许爱自己的人。

那我到底要写一个怎样的故事呢？或者我到底要做一个怎样的人呢？是我提笔之前对自己的询问。

得你自己告诉你自己，因为每个人都有自己打开人生的方式。你的深情在同样的故事里，不同的人看去可能就是犯贱。我曾听一个朋友讲过一件事，说一个男孩追求她的室友，她室友经常恶语相告，甚至捉弄他，但是每每用到他的时候，又召唤他。我问，他还愿意来吗？朋友平和地说道，他总是又犯贱。

所以我无法告诉你这是一个什么故事，要告诉你什么道理。我把我身体里那些惶惶不解，那些深深的懊恼，那些沉重的哀伤，罗列出来，然后手捧着脆弱去给你们看，发现原来你们也曾遭遇，原来你们也无答案，于是我便有了些许宽慰。因为我们都经历过这些，就像很多人看到我新书的名字，都说被击中了，因为每个人都曾在爱情里受挫，而这种受挫并不丢脸，因为绕到不会谈恋爱的背后，是我们曾真挚热切地爱过。

上一本书，我写了四年；其实上一份感情，我也谈了四年。在一起的时候，只觉得她好看；分开了后，才明白她对我那种莽撞、幼稚、自大的爱，有着那么大的包容，才使得我们走过了风雨飘摇的四年，我一直以为是我写情书、说情话拉扯了四年，后来才明白，是她缝缝补补、忍忍让让，一年又一年。我原来一直都只是被爱的绝世高手，却以为自己爱得悠扬而辽阔。而真正会谈恋爱的那一个，并不是有什么十八般武艺，而是她配合了你所有自以为是的招式，拆解了你所有蹩脚的、以爱为名的伤害。原来并非她更会谈恋爱，只是她爱我更深、更认真。

想得却不可得，你奈人生何？李宗盛如是唱。而我却觉得，未曾意料的已拥有过，人生不薄我。只是我们走散后，这份不薄带来的忧伤，越发厚重，在每一个微凉的黑夜里，给我的慌乱盖上了一层薄纱，如网如刀，让我透不过气。

我逃去了北京。

有一天晚上，我失眠了，半夜里我在客厅看着北京四环，车流未息。我突然很想她，这种想念，不是追忆曾经的你侬我侬，也不是期盼未来会破镜重圆，而是突然觉得，时隔多日，你重新走进我的内心，拿起扫帚，轻轻扫去那一片落花流水。我知道，你原谅了我，在我犯错之前，在你爱我之前，你就原谅了我。只是那个晚上我才看见了这份原谅，我才知晓了这一份原谅，我于是终于也放下自己了。我想，当你再听见我的消息，你会因为我过得还好而觉得欣慰。当我再想你的时候，我会因为我曾有你陪伴，而原谅如今的四顾平常。

是《不会谈恋爱的我》的后记，是写在动笔写这个故事前。

2016.9.8 于北京

后 记 二

如果我不是那么爱你，我们会不会还是朋友

　　小说写到一半的时候，觉得又有些话想说。有些以我现在的功力，有感而不能在小说里发出的情绪。

　　这是我写的第六本小说了，不想俗套地说这是我最好的故事。最好的故事大概是《你都不配我毒舌》吧，因为那是我人生的事故，于是折叠成文字，也有一种能够驾驭的慌张。

　　反而在这个故事里，我的从容显得那么贫瘠。因为直面不会谈恋爱的我，是不负责任的我，是幼稚无聊的我，是自以为是的我。

　　这篇后记写，我那么爱你，"那么"是一种程度，也是一种方式。

　　于是在这两个"那么"之间，就形成了我走失却想在故事里找回的世界。

爱一个人，是一门学问；很爱一个人，与表达出来很爱一个人，是两回事，因为我常常不会表达，以前觉得那也是爱，其实并不是。如何去爱，不是套路，而是爱本身。对不起，我明白得太晚。

故事写到一半的时候，我发现自己很不客气地把自己恋爱中的种种问题都叠加到了他们的身上。他们带着我的惶惶无助在故事里交织出一幅地图来，我以为那是他们的故事，原来也是我自己的足迹。只是回望一路走来，原来，不会谈恋爱的我，不仅仅让自己失望，也让别人伤心。自己失望在所难免，人生总是有这样那样的不满，让别人伤心，现在想来后悔。因为人与人之间大多数最后只剩下了回忆，只记得我曾伤害过你，是一件多么令人难过的事啊。

但这也是好事，我写金默、朱老师，我写阑遇、陆尧，我写糖糖、闻香，他们每个人都行走在爱情的某个单面，他们所困惑的是无法绕到另一面去看一看，而我高高在上又卑微地看着他们。我不是故意刁难他们，有些路，需要自己走，是星辰大海也好，是阡陌交通也好，都得走。所以我的错是他们的错，他们的错酝酿了我也许会遇到的对。

所以，这就是写小说的魅力，魅力所在是，读者朋友们总会在努力寻找这里面到底有没有我的过去，而我自己却在小说里寻找这里面到底有没有我的未来。

不会谈恋爱的他

（一）

高影

　　做了金国栋十年朋友，一年贴身大丫鬟（用他的话说是高级事业管理顾问总监），说实话，他撅个屁股，我都知道他要放什么屁。人说伴君如伴虎，圣意难测，但他却是一个被一群人惯坏了的在某方面挺厉害其他方面都无能的人。把他那种自己加戏的矫情去除了，这个人还是挺简单的，冲动、莽撞、细腻、温柔、长情、决然、霸道、纠结、聪明、愚蠢、有才、无趣。反正排序后，这两组截然相反的词语里，一种是生活里的他，一种是恋爱时的他。他谈恋爱，苦的是我；他忙工作，苦的还是我，所谓，兴，百姓苦；亡，百姓苦。

但是相比工作，我真的希望来个人把他给我收了。

金国栋臭屁，在外高冷，熟的人呢，上赶着唱歌给人家听，他把折磨人当作亲近，这一点我也是明白了才选择原谅的。所以他写那种《你都不配我毒舌》，真的是他逻辑里的最毒舌的一句话了。我有时候与他一起出去开会，看他侃侃而谈时，要掐自己的大腿才能不笑，因为我同时也见证过他很多无助、迷惘、发疯的时刻，这种撕裂的感觉让双子座的我都觉得好笑。

他经常开完会后在回去的车里，一句话都不说，铁青着脸。于是，我觉得他很会工作，因为他能够在工作场合里保留最好的状态，下了台，冰霜可怕。我刚过来的时候，他让我做司机。后来从上海到北京，我这个兼职司机成了他的叫车助理。一开始我觉得他矫情，自己叫个车会死吗？而且叫车还要叫豪华车，里里外外几个软件一年充值了几万。

他把叫车软件上的名字改成了不要给我打电话，但凡司机给他打电话，他一定要取消订单加拉黑。我说你不要这样不体谅人，他说我只有一百分的精力，我想都花在工作上，或者是在乎的人身上，而不是那种"我要到哪个门接你啊""你出来需要几分钟啊"这种无聊琐碎的对话上。我对这一点持保留意见，我觉得他与这个大众世界之间的沟通是有间隔的，这种间隔让他变得不可爱。我说你对这个世界这样冷漠、倦怠，如何创作出温柔来。他回答，因为我知道自己的温柔有限，所以，嗯，谢谢，闭嘴！好吧，不过也是因此，他是老板，我是奴婢。

他的沟通问题，我还想再聊聊，他请了一个阿姨，但是与阿姨所有的沟通都只能拜托别人来。阿姨的菜不合口味，他生闷气，我说你不能与阿姨好好说一下吗。他说，我希望她自己能找到哪里不足。我于是全身无力。他喋喋不休，自己找到不足，改进了，是进步；别人指出，是应付。拜托，人家是一个且只是一个阿姨好吗！有时候他在客厅坐着，和阿姨几步之遥，而我在另一个房间，他发微信说，你让阿姨给我倒杯冷水。我出去后崩溃，问他开口与阿姨说不会吗。他说我说过了，阿姨问我想吃面了吗，我觉得心累。

但是他也一直没有炒掉这个阿姨，他说，有一天阿姨说了一句话，她于是获得了免死金牌，阿姨说自己有个儿子，刚上大学，这让金国栋觉得阿姨原来还是一个母亲，于是心存怜悯。

以上两点就是，不会与人好好沟通，能谈好恋爱吗？难。还有呢？

他是那种工作起来不要命的人。刚来的时候，他说，高影，走，带你按摩去。这挺爽，去了，他做个足疗，我也鸡犬升天，也有人伺候。然后他说，这样，你把手机拿出来，我说你记，把那场戏写了。我就蒙逼了。

他又特别土，钟情LV、BV，说因为"V"代表着胜利。月初走进LV，他说，高影啊，这个月我要做到什么什么，然后我就把这个、那个买了，好不？月末他来了，面无表情地用手点了点衣服、包包，我刷卡买单。有一次从LV出来，他突然就哭了，我刚想安慰说，秀款是很难买到正好的。结果他说，我觉得挺没意思的，因为我其实并不爱奢侈品，我也欣赏不来。但我总想奖励自己，觉得那些灰暗苦闷的日子，应该有一个奖状。我说奖状也可以是其他的啊，不一定非得是奢侈品。他说，是，但是不买奢侈品我去买什么呢？我去买一份快乐吗？你告诉我哪里有卖的？

我觉得他挺可怜的，但却无法感同身受，如果我买一个LV，我会开心而不是难过，这个是这样的吧？他说，我又不吸毒，也不嫖娼，总要有一个排解压力的方式，要不咱们来一段二人转。我们就在大街上扭动，像神经病一样。这样算不算快乐？于是我觉得，我要是某个女孩，他那么土，那么像暴发户，我真的也会有点觉得爱不起来吧！

金国栋是属于有朋友的那种人，我奇怪，但是承认。他喜欢与朋友玩，又不喜欢出去玩，于是刚来北京，经常在家里喝酒。也玩游戏，但是他又很游离在外，无趣至极。我说，大家都来了，你不好好玩？他这时候就很老人家地说，看着大家开心，我就开心了，但是我好像又参加不到这种开心里面去。我说，你是为赋新词强说愁。他就很冷地看我一眼，我的才华不需要我强作愁才能创作，我就是觉得心里空空的，快乐会经过，但是不逗留。他说完这句话，我就哭了。

我是从那天开始觉得，哎，金国栋，你是不是真的需要好好地有个人陪。这个人不是我，也不是工作室的其他伙伴，也不是一直迁就你的朋友，不是我们这些包容了你那小坏小坏的臭脾气的人，而是能够让你展现温暖一面的人。我在心里希望他有好的恋爱，却又觉得他大概是不会谈恋爱的。这样的人，怎么会谈恋爱呢？怎么会谈好一场恋爱呢？

要说缺点，还有。比如，他经常不回微信，也不爱接电话。我以前会着急，觉得聊一半天，人呢，后来也就习惯了，他是没有礼貌，只是这没有礼貌的背后不是自大，而是他又拘泥于自己的某个情绪里了。至少，在他不回我微信的时间里，他是痛苦的，这样想，我就有些安慰了。

7月，我因私事回家了，我从家里的机关单位出来跟随他，是下了决心的，但是又回去做教师了，也是有些无奈。我说，我能做的，还是会帮你做，钱就不要了。他说，钱还是要给你的，就是没原来那么多了，行吗？我挺感动的，虽然他也常讥讽，我一定要做大做好，让你后悔离开我。而其实，我并没有离开，也离不开。他有时候几天消失、闭关或者干吗去了，没有微信轰炸我，我会觉得心里空落落的，可能我也是一个变态吧。

说了他那么多不好，也说说他的好吧。前阵子陪他去银行，贵宾室，都是老头老太，就他一个有为青年，我有幸随他进去。我说，哥，你怎么突然想着赚钱了，以前你不是这样的，一副吊儿郎当的款爷样子。他说，因为生命里有很多很多东西都比钱更难得到，所以我想要得到那些，就必须先得到最简单的东西——钱。

哪些东西比钱更难得到呢？

让健康、父母、欢愉的时光在身边久一点。他说。

他的心里还有爱，于是我就原谅了他的种种不是。我也相信，他的心里还有爱，爱着他的那个人也会原谅他不会谈恋爱。

（二）

郝茹

金国栋记性很不好，常常一件八卦，明明他前一天刚刚讲给我听的，第二天我再提起的时候，他就会一脸喜悦和惊讶，是吗？真的吗？你听谁说的？哎哟，我跟你说不要听别人胡说八道，但是是真的吗？

以前我常会说他得了老年痴呆症，现在也见怪不怪了，因为第二天、第四天讲起来，他还会再兴奋一次，能够用一个简单的故事取悦老板 N 次，我又干吗要戳破。

但有一件事，他最近记得十分清楚。

那就是站在我们的角度写一个真实的他的恋爱观，以帮助他的读者去更好地看见他的故事。

作为《不会谈恋爱的我》（高老师说，这是重点，拿红笔画出来）的首席催稿官，我想，老板这么努力地催我，大概是追求一种心理上的平衡，而我一旦写完了这篇稿子，就无债一身轻地站在了食物链的顶端，可以为广大读者朋友谋福利了。

对，我就是一个这样的好人。

认识他的时间不短，转眼就过了两个生日，人上了年纪，总会觉得，少过一个生日都是一种幸福，但待在金国栋身边的人，却能牢牢地记得自己去过几次 KTV、吃过几次形色不同的蛋糕、听过几次声嘶力竭的歌声。他是这样一个想让自己有趣却着实有些无聊的人，想象力似乎都用在了写故事上，生活中反而变成了一个拥有固定模式的人，逛同一个牌子，吃同一家饭店，唱同一首歌，一年四季买无数条看上去都差不多的裤子，最终只有一条穿到磨白了还浑然不知。

我常常感慨，这一年半的时间，过得真是飞快，鬼知道我们都经历了什么。他会很惊讶，什么？我们才认识一年半！或者，他还是会很惊讶，什么？我们都认识一年半了！前者大概是因为，这段时间的心绪经历了诸多波折，他作为一个典型双鱼男，自然要比我更有戏感，大概在内心已经有一百部成品电视剧的套路了；后者却是因为，从认识就还算投缘，到现在也坚定地认为对面这个人还是原来的样子，一点都没有变。

有一次一起去见客户，对方是一个少女心满满的老总，走到门口时他问我，你说他们会不会夸我帅。我刚想讨好地说，会啊，当然会，就被他抢了话头。他说，这样吧，如果他们说了我帅，你就输了，发一百块的红包；如果他们没说，我发。

这是赤裸裸地压榨员工啊，我想，就算他真的不帅，大家也都会客套地说句"你好帅""你好美"，不是吗？

二百吧。推开门的一瞬间他自信满满地补了一句。

然而，少女心的老总却看着他沉思了很久，终于问出一句，果冻啊，你是不是长得跟以前变了好多？你微博上的照片看上去更有神采呢。

我憋笑憋了全程，走出门口，我说，老板，红包。

他一脸"你还敢提"的表情，拿出手机，我们说的是一百，对吗？

所以说他没变，不是他的外表——十八岁的年纪是谁都回不去的，更何况，憋出一个好故事的同时可能也会憋出两颗青春痘；我说的没变，是他对待事物的态度。

他爱憎分明，有时候跟他待在一起很紧张，因为你说不好他会随时冲着什么人甩脸，又给什么人意想不到的温暖。他底线很高，有的人出现在他面前一瞬间，他不喜欢就是不喜欢，他会说人家讲方言听不懂，说人家打扰了他思考，会说"我自己就这么笨，他怎么能比我还笨"，会说"这个世界上竟然有比我还直男癌的人"。但之所以害怕他发火，不是因为他会骂人、会抱怨，而是因为他往往什么都不会，只是把不满宣泄在自己的内心，你需要很靠近他，很了解他，很知道他某一刻的情绪，因为虽然只是寥寥几句甚至默默无声，他心里却已经发生了爆炸。

当然，他记性不好，没关系，他会很快因为别的事情，再次变成一个元气少年，满屏么么哒的感觉，所以其实没变的，是他的单纯。有很多次他问我，人为什么可以很理智地去思考问题而克服自己面对事物的原始冲动？而事实上，我更羡慕的是，哪怕经历了这些年许多的跌宕反复，他依然保有纯粹的冲动。有什么不好呢？毕竟爱本身就是一种义无反顾，理智决定的只是会不会爱的手段，而不是能力。

我曾经想找一个助理，不做别的事，只是每天二十四小时跟着他，帮我记录下他的一切行为以及行为背后的逻辑。我说，金总，等我四十岁的时候，准备就靠把你的生活写成一部情景喜剧，一炮而红，然后安度晚年了。

他说，你真的觉得我是一个那么搞笑的人吗？他说这句话的时候，眼神里的那种审视和怀疑，让我再次坚定了我创作的初衷。

他不搞笑，一点都不，高老师说他的缺点是莽撞、霸道、愚蠢、纠结、无趣，我完全同意且并无补充。刚看到高老师写这句话的时候我就说，在对金国栋的研究方面，我输了。但就是因为他的这些特点，呈现出了一个很适合作为"喜剧"形象的人物。

他土，你说不明白他的那种土是来源于身体的哪部分细胞。家里的漱口杯要那种五星级酒店的奢华感，椅子要皮质闪闪发光的质感，走在街上对那种办公室才会摆的大型盆栽无限向往。有一次朋友约他去逛花鸟市场，他走进一家金光闪闪的店，在里面看中一个可以循环流水的风水神器，吵着嚷着要买。我和高老师互换眼神，拉着他往外走，淘宝更便宜，还能送货上门，再说，再说。

谁料防得了一时，防不住他的心有不甘，隔几天那东西就出现在了家里的客厅里，每次开会都传来潺潺的流水声。前段时间工作不顺，我们都愁眉不展地托腮坐在桌边，他突然跳起来，我就说嘛，流水声怎么能停？这个很重要，你知不知道，很重要！我忙不迭地点点头，其实是有些蒙的。只见他直接冲过去把坏掉的流水飞速修好，再回来的时候长嘘一口气，一切都会好的，郝茹，阿门。

他总跟我说阿门，常常夜里工作到两三点，前一秒还在说剧本，后一秒他突然说，郝茹，阿门。

我说，哦，阿门。

然后他会很认真地问我，刚才那一瞬间，你原地跪下了吗？

尽人事听天命，他会先把老天安抚好，不要给咱找乱子，然后拼尽全力地做好自己该做的事。

他内心有一百个小剧场，这点很双鱼，也很像一个编剧，但放在生活里会让人哭笑不得。在工作室的群里，会有一个亘古不变的话题，常常是他开头，他会问我们，你们为什么不内斗呢？我好不容易把大家凑在一起，连一场内斗大戏都看不到，真的好遗憾，这样我们以后怎么写宫斗戏？

为了配合老板的戏瘾，我们常常要假装"排挤"一个人，还要分析每个人说的每句话会不会引来"杀身之祸"，满满情景喜剧 os 的场面感。但真的行走江湖的时候，他总是说，我们大家是一个整体，有你才有我，有我才有他，我们其实是一个人。

他有很多细碎的生活琐事，是完全处理不了的，买火车票会买错站，去飞机场不会换登机牌，订酒店带错信用卡……有一次，高老师刚刚离职，小遇还没有接档，他兴致勃勃地要自己去办签证，把需要的资料放在桌上对了一次又一次，终于信心满满地装在大信封里了。出门上了车，却发现信封落在家门口的柜子上了。他很失落地问我，郝茹，我是不是很笨？

我想说，老板，yes, you are right。

他不会用家里的榨汁机，我用过一次，他就发出惊人的感慨，郝茹，你好厉害！你竟然会用榨汁机！从那以后，有朋友来家里做客，他就会很热情地推我去榨果汁，仿佛这是一件真的需要技术等级才能完成的神圣使命。

他的简单和对生活的不娴熟，让他变成了一个最纯粹的老板、朋友，甚至恋人。他会想为你们做到最好——融洽的团队、可以说话的伙伴、无法挑剔的爱人。你可以看到他最可爱的小心思，就像他明明想喝果汁，却总是会说，那个，高影渴了，榨点果汁吧。

记性不好的人，容易忘事，却特别容易记得情绪。他会忘记你真的做过什么，却知道你是一个好人还是坏人，会很容易在冲动下疲惫，又很快会在原谅中满血复活。他的人生是有曲线的，即使他身材扁平无亮点——这一点很让人钦佩。

我常常琢磨不透他，正常人会在情感上钻一个牛角尖或者左右逢源，而他有一百种看待感情的角度，每一种都钻牛角尖。他把自己弄得很疲惫，这种疲惫却又是他安身立命的根本。

高老师也说了他的优点，细腻、温柔、长情、聪明、有才。

我实在补充不出来，那就矛盾吧。他是一个所有优缺点的综合体，坏的、失落的、绝望的、好的、精彩的、充满希望的。他有那么多面，也难怪他记不得那么多。

他记性真的不好，所以如果有那么一个人，能承包他的喜怒哀乐，能帮他记着过去，替他经营未来，能随时翻新他关于爱情的所有记忆，能一点一滴收藏他情感里的每一次好的、坏的、捉摸不透的情绪，能给他男人也需要有的安全感，能接受他有些笨拙、状况百出但真心真意的喜爱，能帮他花点钱督促他带着我们赚更多的钱，能知道他究竟有多少条裤子、怎样搭配上衣更好看，能占据他工作以外百分之九十九的脑容量，让以后每一个八卦我都可以讲一年不用更新。

我一定会感谢她，毕竟，他不会谈恋爱，是因为他太懂爱。

太懂爱的人，你会随时觉得他太幼稚，经常生气他不理智，偶尔抱怨他没大志。但他因为爱爆发出的力量，让你忍不住想要靠近他，抛开所谓的人情世故，抛开成年以后不知怎样培养出的小心翼翼，做一个情绪复杂但情感单纯的人，做一个为了你的美丽我甘心丑陋的人。

我很庆幸自己身边有一个这样的人。

但愿你爱他。

（三）

金诗瑶

我与金国栋相识的年数约等于我们的年龄，越老，我们在彼此生命中占据的数字比重越大。起初，就像是彼此的狗皮膏药，幼儿园一个班，小学还是一个班，到了初中竟然还是一个班，高中是一个学校，幸而不是一个班了。但是到高中那会儿，我们已经不说话了，如果不是麻将，我们可以是那种永远不相忘但是对望也无情的麻木状态。

没有偶像剧里的彼此相爱，也没有狗血剧里的反目成仇，我们就这样感情似深似浅地相处了二十来年。相比我们相识的年头来说，其实我对老金的了解算少的，我想他对我亦是。老金现在在北京，我现在在我们的老家（浙江台州），去年他在老家买了新房后，回来的时间相对之前多了些。有一天我突然问老金，你今年会很忙吗？回来时间多吗？他问我怎么了。我说，如果你今年忙，我就开始备孕生娃。他哈哈大笑，问为什么。我说，生娃需要很长时间不能打麻将，趁你忙我先生了。

我想，他当时可能被我雷到了，但是没几天他就跟我说，他鼓励我赶紧生一个，我想这个想法源自于老金的表姐，她有个超级可爱的儿子。有一次，我们在打麻将，他在边上闹脾气，当所有人都不理他之后，他就一个人静静地"大"字形躺在了地上。当我们回头看他时，他就这么大义凛然地躺在那里，无声地抗议着我们的冷落。一个两周岁大的小宝贝，"大"字形躺在那儿，场面甚是滑稽，全场一阵爆笑，特别是老金，熟悉他的人懂得他那魔性的笑。整场麻将，他就有 N 次提起这个场景，然后哈哈大笑，这样没有笑点的老金也是可爱。但是好像又只有我，能嗅出这大笑背后的苍凉。每每这个时候，我都会劝他说，你也得谈个生活里的恋爱了。但是我也无法给出，他理解的生活与我的界限在哪儿。我们有交集，但我们更有的是没有交集的部分。所以我不懂在他的恋爱里，他会是一个怎样的人，会不会魔性大笑，会不会那么生活无能，会不会仍旧霸道嚣张，还是会温柔无害？所以我也无法假想能与他在一起的人会是怎样的。人都说一物降一物，能降住一个妖怪的，又会是怎样的存在？

　　相同的爱好——麻将，真的将我们紧紧地连在了一起。记得有一次，群里在约麻将，我说情绪低落，老金说，无论发生什么事，麻友都在。他经常说，爱打麻将，是爱与你们打，我在外边的时候从来不碰麻将，是因为与你们一起打让这件事变得有趣。这一点我是认同的。老金说，我们打麻将，不存在打麻将之外的目的，但是我们出去应酬、唱歌、喝酒，都有欢乐之外的忧愁。他的这种念旧，让我感动，也让我心疼。因为一个人结交新朋友的能力其实也是他让自己快乐的能力，他不擅长，不然他完全可以与新朋友去做更有趣的事，而不是把每年春节一个月的时间，除去写作，都交给我们打麻将。老金有时候会像孩子一般地幻想，以后老了，我们就住在一起，还是打麻将。我不知道这有多少可能性，但是他又说，你看，我在十年前与一起参加新概念比赛的雨辰说过，以后我要有一所大房子，我们一起写作。去年冬天，他确实把他团队里的女孩拉到了他的别墅里，一起写作（工作）了，所以他说过的很多事，都能做到的！

老金打麻将多年，但通常输多赢少，因为他不会藏牌，这一点与我很像，我俩都是宁愿输也要打得畅快的人。他经常杀红了眼，只是为了把桌上的形势弄得更为凶险！所以我俩搓了多年麻将，等级还是菜鸟级。我俩如果赢了，那绝对是运气爆棚了。我们老家的麻将是有花的，老金摸到属于自己的花就会异常兴奋。但在其他地方，我又从来没有看到他那么开心过，好像这个世界上其他规则里的所求、得与失，都不能让他有太多波澜，反而麻将却常常让他失态。于是我就在心里想，在其他方面，他一定也有自己的苦衷和压力，只是他已经是一个大人了，要承担许多责任，于是就把所有的情绪都放在了麻将场上。

有时候，我觉得老金真的是个绅士到接近神的人，他就是属于那种不管你对他提出什么要求，他都会微笑跟你说好的人。他确实可能不会谈恋爱，但是有个什么愿望都能满足你的男朋友，也是不错的吧。好像他有很大的能量，能让人安心，可回到生活里，他竟然不会开车。

所以他在台州的日子，我就成了他的专属司机。他还有一个司机是他的铁哥们儿孙瑜，还有他那八九个表哥、表姐、姐夫，这反而让我的仗义相助变成了争风吃醋！老金因为不会开车，真的有好多趣事。比如，他从北京回来，本来说好了金爸、金妈去接的，结果当天他可怜巴巴地跟我说，他爸妈要在家里打扫卫生，让他自己回家（他爸妈平时住在自己的家，老金回来了才来陪他住几天）。他说他自己可能不是亲生的，我说我来接你，告诉我几点。

去年除夕的前一天，老金一个人在家，我说送点饭给他，他说自己打车出去吃我上次带他去吃的面。他家住得离面店有点远，他在微信里还开玩笑说，面钱还不如我的打的费贵。片刻后，他发了一张图片在群里，面店门口贴着红纸条，回家过年关门了。他说，尽管惨，可是我怎么就这么想笑呢？哈哈哈。他说，他妈没来他一个人几乎顿顿就吃饺子，高中语文老师给他的。甚至我们约好麻将，他还会邀请我们去他家吃饭，问，吃什么？他诡异一笑，饺子！

还有一次，我们一起回老家的家吃饭、打麻将。当然，老金不会开车，我成了他的司机，车程大概一小时左右。吃完夜宵准备回家，老金抓了一把瓜子放在了口袋里，机灵的我给他拿了个塑料袋让他放壳。然后他就跟我一路唠嗑，你们懂吗？就是那种嗑着瓜子随意跟我聊天，我也不太记得讲了什么。

那天我送完他再回家，车停地下车库也没看见，转天我去上班就震惊了！！！副驾驶座位上一片瓜子壳，就跟天女散花一样，旁边还放了一小袋瓜子壳。我顿时整个人都不好了，拍了照片发给他，质问他是下巴漏了吗，当时我是真的生气。但是我已经忘记他回了我什么，反正我很快就原谅他了。我说，你怎么说也是娱乐圈的人，怎么那么土逼？老金说，你知道吗？一个人如果强大，是可以把一件事情，比如吃瓜子，变得洋气；而不是一件事情，比如吃瓜子，把一个人变得土气。土鳖！

老金是理性的，上次我买电脑，要去数码城买，我不知道商家怎么会加价，就咨询了他一下。他就弹过来语音，咆哮说，你买二手电脑要想被宰你就去那儿买，现在官网这么方便你不买，你个土鳖。但是，他更是感性的，说不出具体什么事，但就是好像很容易感动，对他小小的关心，为他做了小小的事情，他都会小感动一下。老金有时候会毒舌，比如叫我土鳖，但大部分时间他还是温暖的。每次回来邀请我们之前，他会给我们准备好茶、饮料和各种小零食，为我们提供完美的打麻将环境。但是，不管是理性的他，还是感性的他，毒舌的他，还是温暖的他，他好像都有属于他自己的独特的人格魅力在，让身边的人都喜欢他，喜欢跟他一起玩。当然，他真的很幸运，我有时候也会羡慕他，有和蔼可亲的爸爸妈妈，有一群相亲相爱的表哥表姐（也就差不多二三十个吧），还有两可爱的儿时玩伴陪他长大。

瞎扯了这么多，也不知道你们有没有看出我对国栋同学那深深的崇拜之情。他的书我都有买，很多，大概一个书柜都是他的书。

有一次老金对我说，你还记得有一年我签售，你来了，然后我胃痛，你去给我买胃药吗？

我说，记得啊，怎么了？

老金说，我很感动。

我就吐血了，为他做的千千万万比这感动得多的事，他都没有记得，这件小事他反而念叨了很多次。不知道他是记忆好，还是记忆不好。

老金写的小说，以前的矫情得很，我看不下去；"毒舌"不错，笑了好几回；这次写《不会谈恋爱的我》，我说，你都不会谈恋爱，你还写恋爱的小说？老金说，是啊，所以叫不会谈恋爱。我说，你都这样说自己了，以后谁还敢与你谈恋爱啊？

我是一贯嘴贱，随口一说，没想到老金若有所思地点了点头，是啊。他目光忧沉地看向远方，我不敢一同看过去，希望斯人已至。他不会谈恋爱，并不代表他不可爱，并不代表他没有爱，不是？

（四）

孙梦洁

在我这不算长、不算短的人生里，金国栋算是一个特殊的存在。他身边的很多朋友应该也都有同感，因为他总会不断颠覆你对他的固有印象，当你以为你够了解他的时候，却又发现了你所不知道的另一面。照理说，与这样的人谈恋爱应该非常有趣，一点都不枯燥，可偏偏，他却一点都不会谈恋爱。

第一次见他是在打麻将的时候，那时觉得他正气凛然。上个月，听到他接一个金融推销广告电话，他突发戏瘾从沙发上跳起来，对着电话大声咆哮"你生活压力大吗？你每天这么打电话快乐吗"时，我脑中又飘过那几个字——"正气凛然"，然后很平静地笑了笑。

他大概是我见过的人设最丰富的一个，全方位、各维度、尽可能地有故事，信手拈来一段往事就是戏。听他说那些往事，总觉得自己的青春像是被狗吃了一样，有时候甚至能听出几分爱恨情仇、快意江湖的感觉来，不管是在他那扎扎实实的友情上，还是在那不着调的感情上。

在刚刚过去的他二十九岁的生日里，就发生了这样一个奇迹。抽奖环节的特等奖是一份大礼，他抽之前已然有些微醺，上台时他稳住脚步，说想感谢两个人，两个他最好的朋友，一个在台下，一个在赶来的火车上，两个人都是千里迢迢坐了接近十个小时的高铁来的北京。他说，每年生日，不管他在哪里，他们都会来；他说，高中时有一次足球赛，他们必须3：0赢下对方才能晋级，最后孙瑜混进球队，齐心协力才踢赢；他又说，那时候他们三个一定要做同桌，不然不好好学习，老师拧不过就安排三个人坐在一起了。他的确有些醉了，高兴地醉了，这三件事他说了两遍，激动地和包包抱了两次。抱完，大家都说，不如大奖就留给在火车上的孙瑜吧，不要抽了，但他还是抽了，抽出了36号。

他为每个来参加的人都写了一段话，当屏幕移到36号的页面时，全场沸腾了，这一页就是写给孙瑜和包包的，他们两个是写在一起的。大概在生命里，他们也是他心里的第一位吧。

有时候觉得他很自我，像个少爷，爱，太强烈、浓厚，太直抒胸臆，太不顾对方想不想要，但彼时彼刻却觉得，如果换作是我被如此霸道地温柔相待，也是会融化的吧。

真是羡慕啊，那一刻还真希望自己是个男孩子，有孙瑜和包包这样的朋友，一声"兄弟"，心里都懂，风雨共度只如初见。

不过也不是他所有的过去，都会觉得"好酷啊"。有时候他与我们潇洒地讲那些年少趣事，我们每每听着都会埋怨他，你当时为什么如此呢？你怎么就没看到这个姑娘喜欢你呢？你傻吗？说完，他那潇洒劲便也退去一半了，只剩下"哦，是吗？我怎么知道？我当时没往那儿想"的傻里傻气。

傻气、冒失和生活无法自理，是有时，嬉笑浪荡是常态；穿上西装和皮鞋，换上另一副面孔与人谈公事时认真稳重的他，才是最精彩、最迷人的。

记得第一次有如此深刻的印象，是还在上海时，他约了人在日料店谈公事，事前还讨论着怎么反击楼下兜售健身卡的销售，罗列出 ABC 三种进攻、防守方案，可一坐到座位上，我连呼吸都没有调整过来，他就已经立刻进入了工作状态，舌灿莲花地聊项目，一本正经地说经验、谈感想。当时我脸上恐怕写满了两个字——"惊呆"，从不曾如此近距离地自惭形秽过。

那日真的是实实在在地觉得，人与人是有差距的，有些人做有些事，天生就是得心应手的。

不过上天嘛，也是公平的，赐他年少功成名就，也许了他对恋爱的一窍不通。

与工作上的能谋善断比，谈恋爱时的他，又敏感彷徨，又小心翼翼；与工作上的呼风唤雨比，谈恋爱的他，又笨拙，又卑微。

　　为什么不把自己伪装成一本书呢？说好的让对方一页页翻却读不懂你，怎么突然就直接把全书简介、全文重点都翻到她面前了呢？

　　为什么要一股脑儿地对她好呢？为什么不收着点，不循序渐进呢？为什么不保留一些神秘感呢？

　　为什么对她这么过分得好呢？她万一一时接受不了呢？又万一有恃无恐、恃宠而骄、吃死你了呢？

　　虽然说，爱哪有这么多套路，但怕别人有套路啊。

　　大家总这样那样地劝他，他倒是会说，啊，我怎么没想到啊？怎么不早说？可一回头，又通通忘了。

　　于是，后来他再问要怎么哄，谨小慎微怕出错，我们也不会教了，毕竟，对方是小公主，而他也是独一无二的灵魂啊。我们只说，你还是做真实的你吧。

　　一年前的一天，他与我说，要去北京了。一开始我还按部就班地与他一起说事情和安排，可一说完，我就哭了，又问了两遍，你真的要走了吗？他说，真的要走了呀。

　　突然就觉得自己像个迷路的小孩，浮到了半空中，够不到地，抓不到岸，呼吸不上来，要溺死了。

　　他生日刚过两天，准备的生日礼物也还没送出去。原本等着他回来，现在他却不回来了。

　　我不是个善于表达的人，我觉得男生朋友不愿意你特别矫情地私聊说"生日快乐啊"，在群里跟着风发了个蛋糕，就没有了。两天后就后悔了，好伤心，当时为什么不好好说个生日快乐呢？为什么脸皮这么薄呢？

后来一咬牙，我就跟他们一起去北京了。

我想过他能带着我走如此远，却没想过走得如此快。

他振臂一呼就唤来许多人，许多喜欢他的人，许多愿意跟着他的人。思前想后，捉摸不透，是他的哪一点魅力让这些人如此，可转念一想，我不也是其中之一吗！真是羡慕他这一点！如此庆幸，还好后来我跟他们一起来了北京。

虽然北京空气差，又堵车，却渐渐有些喜欢这里了，因为伙伴们都在。他还会假装让我们宫斗，其实却一直顾及着我们每一个人的感受，是怕冷落了谁、怕热络了谁的雨露均沾。

大家热闹地吃喝，热闹地工作，便觉得生活也热气腾腾的，整个北京都热气腾腾的。那天他告诉我们，决定用"不会谈恋爱的我"这个名字时，我们还以为他要写自己的恋爱血泪史。那倒是有趣，毕竟，内容梦幻也精怪，可歌也可泣。可转眼又一想，他到现在都没有学会恋爱，作为小说，人物一点成长都没有，合适吗？不过好在故事比现实跌宕，主角比他更有恋爱光环。

虽然你不会谈恋爱，却还是有很多地方让人羡慕。但还是希望你可以好好谈一段，找到一个对你好、你也爱、能照顾你的恋人，可以在工作一天后抱抱你，让你撒娇说一说，你真的很努力、很辛苦。

希望故事外的你，不要应了这题，慢慢学会谈恋爱。

（五）

陆俊文

果冻天生是个写偶像剧的高手，因为他自己的人设就像一出偶像剧里的男主角啊！不过这当然不是因为他姓金，他爸爸妈妈也姓金，多金之家的他冰箱里还藏有无数金条（谣言），而是因为他够深情。他总说自己是个不会谈恋爱的人，但他对深爱的人那种孤注一掷的浪漫，在外人看来，简直比剧里男女主的爱情还要跌宕起伏，还要扣人心弦。

他还和前任在一起的时候，彼此冷战，为了哄前任开心，他竟然半夜召集身边所有的朋友，去对方经营的淘宝店买东西、评论、留言认错，让对方回心转意。面对满屏的真情告白，谁能抵御得住啊？直到刷得对方忍不住跑来骂他，一句心疼，豁然开朗，重归于好，他很开心。

你看，他多么会讨女孩子欢心啊，一击即中。他在喜欢的人面前像个幼稚的小孩，却又在关键时刻迅速长成一个可靠的大人。

虽然他们最后还是分开了，但我知道果冻其实还是念念不忘的。"此后我爱过的每一个人都和你长得一样。"就像这句网络上流行的箴言，他以后带过来让我们认识的每一个人，眼睛、鼻子，都似乎有前任的影子。

但他好像也在那一段刻骨铭心的爱情里，用尽了自己所有的柔情。

他平时总是傻乎乎的，真的，他笑点极低，大家聊着聊着，他突然就笑了起来。他好像随时可以遁入另一个世界，也可能是躲进去的，心底有许多不为人知却干净而纯粹的圣地。

他特别像《春娇与志明》里那个大男孩张志明，会一掷千金，买毫无用处的奇怪装饰品——达利雕塑的败家子；从小就喜欢在马桶里放干冰，营造浪漫的老顽皮。果冻的屋子里也有各式各样、完全不搭调的装饰品，老干部风格的流水装置，恶趣味从欧洲运回来的黑狗墨镜音响，小清新《大鱼海棠》的挂画。当然，里面最最统一的物件，就是他钟爱了很多年的拜仁队的周边衍生品，睡衣、公仔、抱枕……这大概是那天生日会上他喝醉了大哭的缘由。这也是我第一次看到他哭。

那天他办了一个盛大的生日 party，虽然每一年都很隆重，但今年这个，堪比公司年会，有酒席，有发言，有抽奖。他还给每个人都写了一首诗，上面有一个编号，投在大屏幕上，滚动滑过，让大家猜，写的是谁，特深情。

好像是上天眷顾一样，最后抽中头奖的，是他那两个特地从外地赶过来，从小玩到大，曾经为了踢足球而一起逃课，为了坐在一起和班主任作对的好兄弟。这段友情真的很令人感动。

那天晚上，有很多人从外地赶过来赴他的生日会之约，从深圳、台州、上海……短短停留一个晚上，只为了见他一面。这场景多热闹啊！他才搬来北京一年，却哪儿哪儿都是朋友。他可以骄傲地对家人说，自己在北京过得很好。他喝得很开心，最后却哭了。那一刻，我猜他是很幸福的，他一直是个情感很充沛的人，从十几岁写小说开始，他就一如既往的深情。他有满腔的爱，但大概就像那种学了一身本领却无处可使的人，他身边始终缺一个可以彼此陪伴的爱人。

他以前写过一本书叫作《你都不配我毒舌》，那是他特有的金式浪漫。他看起来总是坏坏的、贱贱的。年初的时候，他买了一只灰色的博美犬陪伴他，取名叫作金小遥，一只小母狗，我一直以为是葵花的"葵"，他却偏偏要给人家和五大三粗的李遥同用一个"遥"字。后来狗狗换毛，过渡期变成了另一种颜色，其实也挺可爱的，但他总觉得没有小时候那么好看了。我每次询问起狗狗的近况，他都会贱兮兮嫌弃地说死了……但每次到他家里，看到他一米八几的大高个，牵着一只小不点大的博美犬在院子里遛狗，就觉得又滑稽又可爱。小狗在他家里跑来跑去时，他露出的深切的目光，连我都觉得，他一直以来就是一个口是心非的人，明明深爱，却故作厌烦；明明想念，却总是视而不见。

果冻写过好多爱情小说，也写了好多爱情偶像剧。女孩子们追到他的签售会现场，追着他的微博留言，让我觉得，他一定是一个身经百战的人。

但其实他真真切切爱过且难忘的，屈指可数。

谈恋爱这件事情啊，那些恋爱高手和恋爱课程教给大家的就一定是对的吗？谁不是一路摸爬滚打、伤痕累累地学着去爱啊？真正爱一个人的时候，总是想着把自己的全部都掏给对方，使蛮劲，非要不可，而汹涌澎湃的爱，究竟会让人喘不过气，把他淹没，还是会让爱在浪里重生过来？尤其像果冻这样，年纪轻轻的时候就已经拥有全世界的人，大概会害怕自己曾经学过的一招一式都会成为下一次爱里的负担吧？也会羡慕那些轻盈的爱，羡慕那些奋不顾身的野蛮的爱吧？

果冻的新小说《不会谈恋爱的我》，里面那个男主金默，可能就是他的原型，一个家财万贯又才华横溢的编剧，真的，就是他自己吧（小说里他有四十亿呢）！他还没在小说里写到金默的前尘往事，但我知道，所有小说的男主角都是他自己。

爱情每一次从头再来，就像废掉自己的一身武功。如果你曾经学会的一整套功夫是降龙十八掌，可屠龙师此生不再遇到龙了怎么办？你再怎么努力，遇到的都是山间藤树、水底游鱼，你试着放低自己，去接受，可杀鸡焉用宰牛刀，你手足无措，想用尽全力却无从下手，轻轻使一点劲儿，可能就会把对方吓跑。于是你的每一次尝试，最后都会落空。伤心的是自己，绝望的是自己。你开始反问，我是不是不会谈恋爱了？

这大概是另一种不会谈恋爱的原因吧，不是从来不会谈，而是曾经深爱过。

我其实还蛮期待金默最后是怎么遇到自己爱的那个人，又是怎么放下浑身解数，使出真心的。写小说的人永远在爬坡上坎，有时候自己把那道坎跨过去了，小说里的人物所面临的困境也就迎刃而解了。

相较于祝福这本新长篇会大卖，我还是更希望果冻能找到一个愿意用尽一生去爱的人。会不会谈恋爱又有什么要紧的呢？重要的是，遇见了，不要错过，用真心，彼此守候。